GW00949935

Antonio Tabucchi

Le jeu
de l'envers

Traduit de l'italien
par Lise Chapuis

Gallimard

Titre original:

IL GIOCO DEL ROVESCIO

*Cet ouvrage a paru initialement
chez Christian Bourgois Éditeur en 1988.
© Antonio Tabucchi, 1981.
© Éditions Gallimard, 2006,
pour la traduction française.*

Note
à la troisième édition italienne

À cette nouvelle édition du *Jeu de l'envers* je ne souhaite pas ajouter d'autre chose qu'une note contenant de simples renseignements. Le récit qui donne son titre au livre et dont l'esprit modèle tous les autres dans une même vision des choses fut le premier que j'imaginai, et je l'écrivis pendant l'été 1978. Le dernier, qui n'est pourtant pas à la dernière place dans la table des matières, est *Petit Gatsby*, et fut écrit pendant l'été 1981. Dans l'intervalle de ces deux dates, il y eut aussi ma vie de cette époque-là. Bien que je n'aie pas encore réussi à comprendre quel est le lien qui unit la vie que nous vivons et les livres que nous écrivons, je ne peux pas nier que le premier récit ait une résonance autobiographique. *Théâtre*, *Paradis céleste* et *Voix* sont au contraire des histoires qui me furent racontées par d'autres. Ce qui m'appartient, c'est la façon de les raconter, qui fait que ces récits sont précisément ceux-là. Enfin, les autres récits sont nés spontanément en moi, sans aucun lien apparent avec ce que je connaissais ou avais vécu. Mais tous, les uns comme les autres, sont liés à une découverte : le fait de m'être un jour aperçu, à cause des imprévisibles événements qui régissent notre vie, que quelque chose qui était « ainsi » pouvait, cependant, être autrement. Ce fut une découverte qui me troubla. À la rigueur, on pourrait dire que ce livre a été dicté par l'étonnement. Par la peur, serait-il peut-être plus juste de dire. Le respect dû à la peur m'empêche de croire que l'illusion de la domestiquer par l'écriture éteigne la conscience, enfouie au fond de l'âme, qu'à la première occasion elle mordra à nouveau, suivant ainsi sa nature.

Il me reste à dire que *Le jeu de l'envers* a été publié pour la première fois en 1981 dans la collection « Le Silerchie » des éditions « Il Saggiatore », par la volonté de mon ami Vittorio Sereni, dont la mémoire m'est chère.

Antonio TABUCCHI,
1987.

Le puéril revers des choses.
LAUTRÉAMONT[1]

Le jeu de l'envers

1

Quand Maria do Carmo Meneses de Sequeira mourut, j'étais en train de regarder *Las Meninas* de Velázquez au musée du Prado. C'était un midi de juillet, et je ne savais pas qu'elle était en train de mourir. Je restai à regarder le tableau jusqu'à midi et quart, puis je sortis en essayant d'emporter, imprimée dans ma mémoire, l'expression de la figure du fond, et je me souviens avoir alors repensé aux paroles de Maria do Carmo : la clef du tableau se trouve dans la figure du fond, c'est un « jeu de l'envers » ; je traversai le jardin et pris l'autobus jusqu'à la Puerta del Sol, je déjeunai à l'hôtel d'un gaspacho bien frais et de fruits, et allai m'étendre pour laisser passer la canicule de midi dans la pénombre de ma chambre. Le téléphone me réveilla vers cinq heures, ou peut-être ne me réveilla-t-il pas, car j'étais plongé dans un étrange demi-sommeil, le bourdonnement de la circulation dans la rue et celui de l'air conditionné dans la chambre se confondaient dans mon esprit avec le moteur d'un petit remorqueur bleu que Maria do Carmo et moi regardions alors qu'il traversait l'embouchure du Tage. Un appel de Lisbonne pour vous, me dit la voix de la standardiste, j'entendis le petit déclic du commutateur et une voix masculine, neutre et basse, me demanda mon nom et dit ensuite je suis Nuno Meneses de Sequeira, Maria do Carmo est morte à midi, les obsèques auront lieu demain à dix-sept heures, je vous téléphone de par son expresse volonté. Il y eut un déclic, je dis allô, allô, on a raccroché, dit la standardiste, la communication est coupée. Je pris le Lusitania-Express de minuit. Je n'emportai qu'une petite valise contenant le strict nécessaire et demandai à la réception de me garder la chambre pendant deux jours. La gare était presque déserte à cette heure-là. Je n'avais pas réservé de couchette et le contrôleur m'attribua une place en queue de train, dans un compartiment où il y avait un autre passager, un monsieur corpulent qui ronflait. Résigné, je m'apprêtai à passer une nuit d'insomnie, mais, contrairement à mes prévisions, je dormis profondément jusqu'aux environs de Talavera de la Reina. Puis je restai allongé, sans dormir, à regarder la fenêtre obscure sur l'obscurité déserte de l'Estrémadure.

J'avais beaucoup d'heures devant moi pour penser à Maria do Carmo.

2

La *saudade*, disait Maria do Carmo, ce n'est pas un mot, c'est une catégorie de l'esprit, il n'y a que les Portugais qui puissent la ressentir, car ils possèdent ce mot pour dire qu'ils l'ont, c'est un grand poète qui l'a dit. Et elle commençait à parler de Fernando Pessoa. Je passais la prendre chez elle, Rua das Chagas, vers six heures de l'après-midi, elle m'attendait derrière une fenêtre, et lorsqu'elle me voyait déboucher sur le Largo Camões elle ouvrait la lourde porte cochère et nous descendions vers le port en flânant Rua dos Franqueiros et Rua dos Dourados. Faisons un itinéraire fernandin, disait-elle, ici c'étaient les lieux préférés de Bernardo Soares, aide-comptable dans la ville de Lisbonne, semi-hétéronyme par définition, c'était là qu'il faisait sa métaphysique, dans ces boutiques de barbiers. À cette heure-là, la Baixa était envahie par une foule de gens pressés et bruyants, les bureaux des compagnies de navigation et des maisons de commerce fermaient leurs guichets, aux arrêts de tram il y avait de longues queues, on entendait les boniments sonores des cireurs de chaussures et des crieurs de journaux. Nous

nous faufilions au milieu de la cohue de la Rua da Prata, nous traversions la Rua da Conceição et nous descendions vers le Terreiro do Paço, blanc et mélancolique, où les premiers ferries bondés de banlieusards levaient l'ancre pour l'autre rive du Tage. Ici c'est déjà un quartier d'Alvaro de Campos, disait Maria do Carmo, en l'espace de quelques rues nous sommes passés d'un hétéronyme à l'autre.

À cette heure-là, la lumière de Lisbonne était blanche vers l'estuaire et rosée sur les collines, les édifices du XVIIIe siècle faisaient penser à un chromo et le Tage était sillonné par une myriade de bateaux. Nous nous dirigions vers les premiers quais, ces quais où Alvaro de Campos allait attendre personne, comme disait Maria do Carmo, et elle récitait quelques vers de l'*Ode maritime*, le passage où le petit vapeur dessine sa silhouette à l'horizon et où Campos sent une roue qui commence à tourner dans sa poitrine. Le crépuscule descendait sur la ville, les premières lumières s'allumaient, le Tage brillait de reflets changeants, il y avait une grande mélancolie dans les yeux de Maria do Carmo. Peut-être que tu es trop jeune pour comprendre, à ton âge moi je n'aurais pas compris, je n'aurais jamais pu imaginer que la vie puisse ressembler à un jeu auquel je jouais quand j'étais enfant à Buenos Aires, Pessoa est un génie parce qu'il a compris l'envers des choses, du réel et de l'imaginé, sa poésie est un *juego del revés*.

3

Le train était arrêté, à travers la vitre on voyait les lumières de la petite ville de frontière, mon compagnon avait le visage surpris et défait de quelqu'un qui a été brusquement réveillé par la lumière, le policier feuilleta attentivement mon passeport, vous venez souvent dans notre pays, dit-il, qu'est-ce que vous y trouvez de si intéressant? la poésie baroque, répondis-je, pardon, murmura-t-il, une dame, dis-je, une dame au nom bizarre, Violante do Céu, elle est belle? demanda-t-il d'un air finaud, peut-être répondis-je, elle est morte depuis trois siècles, elle a toujours vécu dans un couvent, c'était une religieuse. Il hocha la tête et se lissa les moustaches d'un air sournois, puis il apposa le visa sur le passeport et me le tendit. Vous, les Italiens, vous plaisantez toujours, dit-il, vous aimez Toto? énormément, dis-je, et vous? moi j'ai vu tous ses films, dit-il, je le préfère à Alberto Sordi.

Notre compartiment était le dernier à être contrôlé. La portière se referma avec un bruit sourd. Quelques secondes plus tard, quelqu'un agita une lanterne sur le quai et le train s'ébranla. Les lumières s'éteignirent, il ne resta plus que la veilleuse bleutée, il faisait nuit noire, j'entrais au Portugal comme tant d'autres fois dans ma vie, Maria do Carmo était morte, j'éprouvais une sensation étrange, comme si j'avais regardé d'en haut un autre moi-même qui, par une nuit de juillet, dans un compartiment d'un train peu éclairé, s'apprêtait à entrer dans un pays étranger pour aller voir une femme qu'il connaissait bien et qui était morte. C'était une sensation que je n'avais jamais éprouvée, et il me vint à l'idée que cela avait quelque chose à voir avec le revers des choses.

4

Voilà en quoi consistait le jeu, disait Maria do Carmo : on se mettait en rond, à quatre ou cinq enfants, on tirait au sort par une comptine, celui qui était désigné allait au milieu, il choisissait quelqu'un au hasard et lui lançait un mot, n'importe lequel, par exemple *mariposa*, et l'autre devait le prononcer tout de suite à l'envers, mais sans réfléchir, parce que le premier comptait un deux trois quatre cinq, et à cinq il avait gagné ; mais si tu arrivais à dire à temps *asopiram*, alors c'était toi le maître du jeu, tu allais au milieu du cercle et tu lançais un mot à qui tu voulais.

En montant vers la ville, Maria do Carmo me racontait son enfance de fille d'exilés à Buenos

Aires, j'imaginais une cour d'immeuble dans une banlieue, pleine d'enfants, des fêtes mélancoliques et pauvres, il y avait beaucoup d'Italiens, disait-elle, mon père avait un vieux phonographe à pavillon, il avait emporté du Portugal quelques disques de fado, c'était en 1939, la radio disait que les franquistes avaient pris Madrid, il pleurait et mettait les disques, les derniers mois de sa vie je me le rappelle comme ça, en pyjama sur un fauteuil, en train de pleurer en silence en écoutant les fados d'Hilario et de Tomas Alcaide, moi, je me sauvais dans la cour pour jouer au *juego del revés*.

La nuit était tombée. Le Terreiro do Paço était presque désert, le cavalier en bronze, verdi par l'air marin, semblait absurde, allons manger quelque chose à Alfama, disait Maria do Carmo, *arroz de cabidela* par exemple, c'est un plat séfarade, les juifs ne tordaient pas le cou aux poules, ils leur coupaient la tête et avec le sang ils préparaient le riz, je connais un petit restaurant où ils le font comme nulle part ailleurs, on y est en cinq minutes. Un tram jaune plein de visages fatigués passait lentement dans un bruit de ferraille. Je sais à quoi tu penses, disait-elle, tu te demandes pourquoi j'ai épousé mon mari, pourquoi je vis dans ce palais ridicule, pourquoi je suis là à jouer à la comtesse ; quand il est arrivé à Buenos Aires, c'était un officier élégant et courtois, moi j'étais une gamine pauvre et mélancolique, je n'en pouvais plus de voir cette cour de ma fenêtre, et c'est lui qui m'a sortie de cette grisaille, de cette maison où les lampes étaient trop faibles et la radio toujours allumée à l'heure des repas, je ne peux pas le quitter, malgré tout, je ne peux pas oublier.

5

Mon compagnon de voyage me demanda s'il pouvait avoir le plaisir de m'inviter à prendre le café. C'était un Espagnol jovial et cérémonieux qui faisait souvent ce trajet. Dans le wagon-restaurant nous causâmes aimablement, échangeant des impressions de circonstance, formelles et pleines de lieux communs. Les Portugais ont du bon café, dit-il, mais on dirait que ça ne leur fait pas grand-chose, ils sont tellement mélancoliques, ils manquent de *salero*, vous ne trouvez pas ? Je lui dis qu'ils l'avaient peut-être remplacé par la *saudade*, ce qu'il admit, mais il préférait quand même le *salero*. On n'a qu'une vie, dit-il, et il faut savoir la vivre, cher monsieur. Je ne lui demandai pas comment il faisait, lui, et nous parlâmes d'autre chose, de sport me semble-t-il, il adorait le ski et la montagne, et le Portugal, de ce point de vue, était vraiment infréquentable. J'objectai qu'au Portugal aussi il y avait des montagnes, oh, la Serra da Estrela, s'exclama-t-il, mais c'est un semblant de montagne, pour atteindre les deux mille mètres ils ont été obligés d'y installer une antenne. C'est un pays maritime, dis-je, un pays de gens qui se sont jetés dans l'océan, ils ont donné au monde des fous nobles et courtois, des esclavagistes et des poètes malades d'infinis. À propos, me demanda-t-il, comment s'appelait cette poétesse que vous avez nommée cette nuit ? Soror Violante do Céu, dis-je, en espagnol aussi elle aurait un nom magnifique, Madre Violante del Cielo, c'est une grande poétesse baroque, elle a passé sa vie à sublimer son désir pour un monde auquel elle avait renoncé. Elle n'est quand même pas mieux que Gongora ? me demanda-t-il d'un air inquiet. Différente, dis-je. Avec moins de *salero* et plus de *saudade*, bien sûr.

6

L'*arroz de cabidela* avait un goût très raffiné et un aspect répugnant ; il était servi dans un grand plat de terre cuite avec une cuillère de bois, le sang et le vin bouillis faisaient une sauce épaisse et brune, les tables étaient en marbre, entre une rangée de barriques et un comptoir en zinc dominé par la corpulence de M. Tavares, à minuit arrivait un chanteur de fado très maigre accompagné d'un petit vieux avec sa guitare classique et d'un monsieur très distingué, sa guitare portugaise à la

main, il chantait de vieux fados traînants et lan-
goureux, M. Tavares éteignait les lumières et allumait des bougies sur les étagères, les clients de
passage étaient déjà partis, il ne restait plus que
les habitués, la salle se remplissait de fumée, à
chaque final il y avait des applaudissements
discrets et solennels, une voix demandait *Amor é
água que corre, Travessa da Palma*[1], Maria do Carmo
était pâle, peut-être à cause de la lueur des bougies ou peut-être parce qu'elle avait trop bu, elle
avait le regard fixe et les pupilles dilatées, on y
voyait danser les flammes des bougies, elle me
paraissait plus belle que d'habitude, elle allumait
une cigarette d'un air absent, ça suffit maintenant, disait-elle, allons-nous-en, la *saudade* c'est
bien, mais à petites doses, il vaut mieux ne pas
aller jusqu'à l'indigestion. Le quartier d'Alfama
était presque désert, nous nous arrêtions au bel-
védère de Santa Luzia, il y avait une belle pergola
de bougainvillées, appuyés au parapet nous regardions les lumières sur le Tage, Maria do Carmo
récitait *Lisbon revisited* d'Alvaro de Campos, un
poème dans lequel une personne se trouve à la
fenêtre de sa propre enfance, mais ce n'est plus la
même fenêtre et ce n'est plus la même personne
car le temps change les choses et les hommes,
puis nous redescendions peu à peu vers mon
hôtel, elle me prenait la main et me disait écoute,

---

1. Noms de « fados » connus.

qui sait ce que nous sommes, qui sait où nous
sommes, qui sait pourquoi nous y sommes,
écoute, jouons notre vie à l'envers, par exemple
cette nuit tu dois penser que tu es moi et que tu te
serres dans tes bras, et moi je penserai que je suis
toi et que je me serre dans mes bras.

7

De toute façon je n'aime pas tellement Gongora, dit mon compagnon de voyage, je ne le
comprends pas, on a besoin d'un dictionnaire,
et puis la poésie n'est pas mon fort, je préfère *el
cuento*, par exemple Blasco Ibáñez, vous aimez
Blasco Ibáñez ? modérément, dis-je, ce n'est pas
tout à fait mon genre, et alors, qui aimez-vous ?
Pérez Galdós peut-être ? oui, voilà, ça va déjà
mieux, dis-je.

Le garçon nous servit le café sur un plateau
étincelant, il avait le visage tout ensommeillé, je
fais une exception pour ces messieurs, parce
que normalement le wagon-restaurant est fermé
à cette heure-ci, ça fait vingt escudos. Malgré
tout, les Portugais sont gentils, dit mon compagnon de voyage, pourquoi malgré tout, dis-je, ils
sont gentils, il faut le reconnaître.

Nous traversions maintenant une zone de
chantiers et d'usines, il ne faisait pas encore
grand jour. Ils veulent avoir l'heure de Green-

wich, mais en fait ils ont un décalage d'une heure en moins par rapport au soleil, au fait est-ce que vous avez déjà vu une corrida portugaise ? ils ne tuent pas le taureau, vous savez, le torero danse autour de lui pendant une demi-heure et à la fin il fait un geste symbolique avec son bras pointé comme une épée, un troupeau de vaches avec des sonnailles entre, le taureau disparaît dans le troupeau et tout le monde rentre chez soi, olé, si vous appelez ça *torear*. C'est peut-être plus élégant, dis-je, pour tuer quelqu'un il n'est pas toujours nécessaire de l'assassiner, parfois un geste suffit, mais non, dit-il, le duel entre l'homme et le taureau doit être mortel, sinon ce n'est qu'une pantomime ridicule, mais les cérémonies ne sont que des stylisations, objectai-je, et celle-ci ne conserve que l'enveloppe, le geste, elle me semble plus noble, plus abstraite. Mon compagnon de voyage parut réfléchir. C'est possible, dit-il sans conviction, ah, regardez, nous sommes dans la banlieue de Lisbonne, il vaudrait mieux retourner dans notre compartiment préparer nos bagages.

8

C'est assez délicat, nous n'osions pas te le demander, nous en avons discuté, ça pourrait même présenter des inconvénients, c'est-à-dire

que ce qui peut t'arriver, au pire, c'est qu'on te
refuse le visa d'entrée à la frontière, écoute, nous
ne voulons rien te cacher : avant c'était Jorge qui
servait de courrier, c'était le seul à avoir un passeport de la F.A.O., tu sais que maintenant il est à
Winnipeg, il enseigne dans une université cana-
dienne, et nous n'avons pas encore trouvé le
moyen de le remplacer.

Neuf heures du soir, *piazza* Navona, sur un
banc. Je le regardais, j'avais peut-être une expression perplexe, je ne savais que penser, je me sentais vaguement embarrassé, mal à l'aise, comme
lorsqu'on parle à une personne que l'on connaît
depuis longtemps et qui vous révèle un beau jour
une chose à laquelle on ne s'attendait pas.

Nous ne voulons pas t'impliquer, ce serait
quelque chose de tout à fait exceptionnel, crois
bien que nous sommes désolés de devoir te le
demander et même si tu refuses cela ne changera
rien à notre amitié pour toi, tu le sais bien ; enfin,
réfléchis-y, nous n'exigeons pas une réponse
immédiate, sache seulement que tu nous aiderais
beaucoup.

Nous allâmes prendre une glace à un café de la
place, nous choisîmes une table en terrasse, un
peu à l'écart. Francisco avait une expression tendue, peut-être était-il embarrassé lui aussi, il
savait qu'il s'agissait de quelque chose que je ne
pourrais pas oublier même si je refusais, oui, c'est
cela, il craignait peut-être un éventuel remords

de ma part. Nous prîmes deux granités au café. Nous restâmes longtemps sans parler, absorbant lentement nos boissons glacées. Il s'agit de cinq lettres, dit Francisco, et d'une somme d'argent pour les familles de deux écrivains qui ont été arrêtés le mois dernier. Il me donna les noms et attendit que je dise quelque chose. Je bus un peu d'eau, sans prononcer un mot. Inutile de te dire que cet argent est propre, c'est une manifestation de solidarité de trois partis démocratiques italiens auxquels nous avons demandé de l'aide ; si tu le juges nécessaire, je peux te faire rencontrer les représentants des partis en question, ils te le confirmeront. Je dis que je n'en voyais pas l'utilité, nous payâmes et nous nous mîmes à flâner le long de la place. C'est d'accord, dis-je, je pars dans trois jours. Il me donna une poignée de main brève et énergique et me remercia. Maintenant souviens-toi de ce que tu dois faire, c'est très simple. Il m'écrivit un numéro de téléphone sur un bout de papier : quand tu arrives à Lisbonne, tu téléphones à ce numéro, si c'est une voix d'homme qui répond, tu raccroches, insiste jusqu'à ce qu'une voix de femme te réponde, et alors voilà ce que tu dois dire : une nouvelle traduction de Fernando Pessoa vient de paraître. Elle te dira comment faire pour vous rencontrer, c'est elle qui sert de contact entre les réfugiés politiques qui vivent à Rome et leurs familles restées au Portugal.

9

Tout s'était déroulé sans problème, comme l'avait prévu Francisco. À la frontière on ne m'avait même pas fait ouvrir mes valises. Arrivé à Lisbonne, j'étais descendu dans un petit hôtel du centre, derrière le théâtre de la Trindade, tout près de la bibliothèque, dont le portier, cordial et bavard, était originaire de l'Algarve. Dès le premier coup de téléphone, c'est une voix de femme qui m'avait répondu et j'avais dit bonsoir, je suis italien, je voulais vous avertir qu'une nouvelle traduction de Fernando Pessoa vient de paraître, cela pourrait vous intéresser. Rendez-vous dans une demi-heure à la librairie Bertrand, dans la salle des revues, avait-elle répondu, j'ai une quarantaine d'années, je suis brune, et je porte une robe jaune.

10

Nuno Meneses de Sequeira me reçut à deux heures de l'après-midi. Quand j'avais téléphoné, le matin, c'était un domestique qui m'avait répondu : monsieur le comte se repose en ce moment, il ne peut pas vous recevoir ce matin, passez cet après-midi vers deux heures. Mais où se trouve la dépouille de madame ? je ne saurais vous le dire, monsieur, excusez-moi, venez à deux heures s'il vous plaît. Je pris une chambre dans mon petit hôtel habituel derrière le théâtre de la Trindade, me rafraîchis et changeai de vêtements. Voilà quelque temps qu'on ne vous avait pas vu, me dit le portier, celui d'Algarve, cordial, cinq mois, depuis la fin février, dis-je, et le travail, me demanda-t-il, toujours d'une bibliothèque à l'autre ? eh oui, c'est la vie, répondis-je.

Le Largo Camões était inondé de soleil, sur cette place presque circulaire il y avait des pigeons posés sur la tête du poète, quelques retraités sur les bancs, des petits vieux dignes et tristes, un soldat et une petite bonne, la mélancolie du dimanche. La Rua das Chagas était déserte, un taxi vide passait de temps à autre, la brise marine n'était pas assez forte pour dissiper la chaleur lourde et humide. Je rentrai dans un café pour chercher un peu de fraîcheur, il était sale et désert, les pales d'un énorme ventilateur bourdonnaient inutilement au plafond, le patron sommeillait derrière son comptoir, je lui commandai un *sumo* glacé, il chassa les mouches avec un torchon et ouvrit le réfrigérateur d'un air las. Je n'avais pas mangé et je n'avais pas faim. Je m'assis à une table et allumai une cigarette, attendant l'heure.

11

Nuno Meneses de Sequeira me reçut dans un salon baroque au plafond chargé de stucs et aux murs décorés de grandes tapisseries rongées par le temps. Il était vêtu de noir, il avait le visage luisant, son crâne chauve scintillait; assis dans un fauteuil de velours cramoisi, il se leva lorsque j'entrai, me salua d'un imperceptible mouvement de tête et m'invita à m'asseoir sur un petit divan sous la fenêtre. Les volets étaient fermés et une lourde odeur de vieille tapisserie stagnait dans la pièce. Comment est-elle morte? demandai-je. Elle avait une maladie grave, dit-il, vous ne le saviez pas? Je secouai la tête. Quel genre de maladie? Nuno Meneses de Sequeira croisa les mains sur ses genoux. Une maladie grave, dit-il. Elle m'a téléphoné à Madrid il y a une quinzaine de jours, elle ne m'a rien dit, pas même une allusion, elle le savait déjà? Elle était déjà très malade et elle le savait. Pourquoi ne m'a-t-elle rien dit? Peut-être ne l'a-t-elle pas jugé nécessaire, dit Nuno Meneses de Sequeira, je vous serais reconnaissant de ne pas venir aux obsèques, elles auront lieu dans la plus stricte intimité. Je n'en avais pas l'intention, le rassurai-je. Je vous remercie, murmura-t-il faiblement.

Le silence prit corps dans la pièce de manière gênante. Puis-je la voir? demandai-je. Nuno Meneses de Sequeira me regarda longuement, et il me sembla que son regard était chargé d'ironie. Ce n'est pas possible, dit-il, elle est à la clinique Cuf, c'est là qu'elle est morte, et le médecin a ordonné que l'on ferme le cercueil, il n'était pas possible de le laisser ouvert, dans de telles conditions.

J'étais sur le point de prendre congé, me demandant pourquoi il m'avait téléphoné, même si c'était pour obéir à Maria do Carmo, pourquoi il m'avait fait venir jusqu'à Lisbonne ; il y avait quelque chose qui m'échappait, ou peut-être qu'il n'y avait rien d'étrange, cette situation était tout simplement pénible et il était inutile de la prolonger plus longtemps. Mais Nuno Meneses de Sequeira n'avait pas fini de parler, il tenait les mains appuyées sur les bras du fauteuil comme s'il allait se lever d'un moment à l'autre, il avait le regard noyé et une expression tendue et méchante, mais peut-être n'était-elle due qu'à la tension nerveuse qu'il devait éprouver. Vous ne l'avez jamais comprise, vous êtes trop jeune, vous étiez beaucoup trop jeune pour Maria do Carmo. Et vous beaucoup trop vieux, aurais-je voulu dire, mais je me tus. Vous vous occupez de philologie, ha ha, dit-il avec un petit rire, vous passez votre vie dans les bibliothèques, vous ne pouviez pas comprendre une femme comme elle. Que voulez-vous dire ? dis-je. Nuno Meneses de Sequeira se leva, alla à la fenêtre, entrouvrit légèrement les volets. Je voudrais vous faire perdre une illusion, dit-il, celle d'avoir connu Maria do Carmo, en fait vous n'avez connu qu'une fiction de Maria do Carmo. Que voulez-vous dire? répétai-je. Eh bien, dit Nuno Meneses de Sequeira en souriant, j'imagine ce que Maria do Carmo vous aura raconté, l'histoire larmoyante d'une enfance malheureuse à New York, un père républicain mort en héros au cours de la guerre civile espagnole, mais écoutez-moi bien, cher monsieur, jamais de ma vie je n'ai été à New York, Maria do Carmo était la fille de grands propriétaires, elle a eu une enfance dorée, il y a quinze ans, quand je l'ai connue, elle avait vingt-sept ans et c'était la femme la plus courtisée de Lisbonne, je rentrais d'une mission diplomatique en Espagne et nous avions tous deux en commun l'amour de notre pays. Il fit une pause comme pour donner plus de poids à ses paroles. L'amour de notre pays, répéta-t-il, je ne sais pas si je me fais bien comprendre. Cela dépend en quel sens vous utilisez ce mot, dis-je. Nuno Meneses de Sequeira ajusta son nœud de cravate, tira un mouchoir de sa poche, et prit un air à la fois ennuyé et patient. Écoutez-moi bien, il y a un jeu qui plaisait beaucoup à Maria do Carmo. Elle y a joué pendant toute sa vie, et nous y avons toujours joué d'un commun accord. Je fis un signe de la main, comme pour l'empêcher de continuer, mais il poursuivit: Vous devez être tombé dans un de ses jeux de l'envers. Une pendule sonna dans une pièce éloignée. À moins que ce ne soit vous qui soyez tombé dans l'envers de son jeu de l'envers, dis-je. Nuno Meneses de Sequeira sourit de nouveau, c'est joli, dit-il, ça pourrait tout à fait être une phrase de Maria do Carmo, il est normal que vous envisagiez cette hypothèse, bien que ce ne soit qu'une présomption, croyez-moi. Il y avait une nuance de mépris dans sa voix étouffée. Je demeurai silencieux, les yeux baissés, regardant le tapis, un tapis d'Arraiolos d'un bleu profond avec des paons gris. Je suis désolé que vous m'obligiez à être plus explicite, reprit Nuno Meneses de Sequeira, je suppose que vous aimez Pessoa. Je l'aime beaucoup, admis-je. Alors vous êtes peut-être au courant des traductions qui paraissent à l'étranger. Que voulez-vous dire? demandai-je. Rien de particulier, dit-il, tout simplement que Maria do Carmo recevait beaucoup de traductions de l'étranger, vous me comprenez, n'est-ce pas? Non, je ne vous comprends pas, dis-je. Disons plutôt que vous ne voulez pas me comprendre, me corrigea Nuno Meneses de Sequeira, que vous préférez ne pas me comprendre, et je comprends que vous préfériez ne pas me comprendre, la réalité est désagréable et vous préférez les rêves, je vous en prie, ne m'obligez pas à vous raconter les détails, ils sont toujours si vulgaires, tenons-nous-en aux généralités.

De la fenêtre nous parvint le son d'une sirène, c'était peut-être un bateau qui entrait dans le port, et je sentis soudain un immense désir d'être un des passagers de ce bateau, d'entrer dans le port d'une ville inconnue qui s'appelait Lisbonne, et de devoir appeler au téléphone une femme inconnue pour lui dire qu'une nouvelle traduction de Fernando Pessoa venait de paraître, et cette femme s'appelait Maria do Carmo, elle viendrait à la librairie Bertrand vêtue d'une robe jaune, elle aimait le fado et les plats séfarades, et moi je savais déjà tout cela, mais le passager que j'étais et qui regardait Lisbonne du bastingage du bateau ne le savait pas encore, et pour lui tout serait nouveau et identique. Et cela c'était la *saudade*, Maria do Carmo avait raison, ce n'était pas un mot, c'était une catégorie de l'esprit. À sa façon, ce mot, lui aussi, était l'envers de quelque chose.

Nuno Meneses de Sequeira m'observait en silence, il semblait tranquille et satisfait. C'est aujourd'hui le premier jour de la nouvelle vie de Maria do Carmo, dis-je, vous pourriez au moins lui accorder une trêve. Il fit un imperceptible signe de tête comme s'il acquiesçait, comme s'il disait c'est justement ce que je voulais vous proposer, et je lui dis alors je crois que nous n'avons rien d'autre à nous dire, il appuya sur une sonnette et un domestique en livrée rayée apparut, Domingos, Monsieur s'en va, le domestique s'ef-

faça pour me laisser passer, ah, un instant, dit
Nuno Meneses de Sequeira, Maria do Carmo a
laissé cela pour vous. Il me tendit une lettre qui
se trouvait sur un petit plateau d'argent posé sur
une table près de son fauteuil, je la pris et la
glissai dans ma poche. Lorsque je fus sur le seuil,
Nuno Meneses de Sequeira me parla encore :
vous me faites de la peine, me dit-il, c'est un sentiment réciproque, dis-je, bien qu'avec des
nuances probablement différentes. Je descendis
l'escalier de pierre et sortis dans la lumière de
l'après-midi, un taxi libre passait et je lui fis signe.

12

J'ouvris la lettre à l'hôtel. Sur une feuille
blanche, en majuscules et sans accent, était écrit
le mot SEVER. Je le retournai machinalement
dans ma tête et dessous, au crayon, j'écrivis moi
aussi, en majuscules et sans accent : REVES. Je
réfléchis un instant sur ce mot ambigu qui pouvait être espagnol ou français et avait deux sens
complètement différents. Je me dis que je n'avais
aucune envie de retourner à Madrid, j'allais
envoyer un chèque d'Italie et écrire à l'hôtel
pour me faire expédier mes bagages, je télépho-
nai à la réception et demandai à l'employé de
contacter une agence de voyages, il me fallait un
billet pour le lendemain, le plus tôt possible, par

n'importe quelle compagnie aérienne. Comment, vous partez déjà, me dit le réceptionniste, vous n'êtes jamais resté si peu de temps. Quelle heure est-il, demandai-je. Il est quatre heures et quart à ma montre, monsieur. Bien, alors réveillez-moi pour le dîner, dis-je, vers neuf heures. Je me déshabillai tranquillement, fermai les volets, les draps étaient frais, de nouveau me parvint le hurlement lointain d'une sirène, amorti par l'oreiller sur lequel était appuyée ma joue.

Peut-être Maria do Carmo avait-elle enfin trouvé son envers. Je souhaitai qu'il fût tel qu'elle l'avait désiré et je pensai que le mot espagnol et le mot français avaient peut-être quelque chose en commun : il me sembla que c'était la ligne de fuite d'une perspective, comme lorsqu'on trace les lignes de perspective d'un tableau. À ce moment-là la sirène hurla de nouveau, le bateau accosta, je descendis lentement la passerelle et commençai à longer les quais, le port était complètement désert, les quais étaient les lignes qui convergeaient vers le point de fuite d'un tableau, ce tableau, c'était *Las Meninas* de Velázquez, la figure du fond vers laquelle convergeaient les lignes des quais avait cette expression malicieuse et mélancolique qui était restée gravée dans ma mémoire, et, étrangement, cette figure, c'était Maria do Carmo avec sa robe jaune, je lui disais j'ai compris pourquoi tu as cette expression, c'est parce que tu vois l'envers du tableau, mais que

voit-on de ce côté-là ? dis-le-moi, attends, j'arrive,
je veux voir moi aussi. Et je me mis à avancer vers
ce point-là. Et à cet instant même, je me retrou-
vai dans un autre rêve.

Lettre de Casablanca

Lina,

je ne sais pas pourquoi je commence cette lettre
en te parlant d'un palmier, alors que tu n'as pas
de nouvelles de moi depuis dix-huit ans. Peut-
être parce que ici il y a beaucoup de palmiers, je
les vois de la fenêtre de cet hôpital agiter leurs
bras maigres au vent torride, le long des avenues
brûlantes qui se perdent au loin vers le blanc.
Devant la maison, quand nous étions enfants, il y
avait un palmier. Peut-être que tu ne t'en souviens pas parce qu'il a été abattu, si mes souvenirs sont bons, l'année où cet événement s'est
produit, c'est-à-dire en 1953, l'été je crois, moi
j'avais dix ans. Nous avons eu une enfance heureuse, Lina, tu ne peux pas t'en souvenir, et
personne n'a pu t'en parler, car la tante qui t'a
élevée ne peut pas le savoir. Si, bien sûr, elle peut
te raconter quelque chose au sujet de papa et de
maman, mais elle ne peut pas te décrire une
enfance qu'elle n'a pas connue et dont tu ne te

souviens pas. Elle habitait trop loin, là-bas dans le nord, son mari était employé de banque, ils se croyaient supérieurs à une famille de garde-barrière, ils ne sont jamais venus chez nous. Le palmier a été coupé à la suite d'un décret du ministère des Transports dans lequel on prétendait qu'il faisait obstacle à la visibilité et pouvait provoquer un accident. On se demande quel accident aurait bien pu provoquer ce palmier tout en hauteur, avec sa touffe de branches qui balayait notre fenêtre au premier étage. Ce qui, tout au plus, aurait pu gêner légèrement, depuis le poste de garde, c'était le tronc, un tronc plus fin qu'un poteau électrique, mais pour ce qui est des trains il ne risquait pas de leur boucher la vue. De toute façon il a fallu l'abattre, il n'y avait rien à faire, le terrain n'était pas à nous. Maman qui, quelquefois, voyait les choses en grand, a proposé un soir à table d'écrire au ministre des Transports en personne une lettre signée par toute la famille, une sorte de pétition. Voilà ce qu'elle disait: «Monsieur le Ministre, suite à la circulaire numéro tant, alinéa numéro tant, relative au palmier qui s'élève dans le petit terrain situé devant le poste de garde numéro tant de la ligne Rome-Turin, la famille du garde-barrière tient à vous informer que ledit palmier ne constitue en aucun cas une gêne pour les convois qui passent à cet endroit. Nous vous serions donc très obligés de bien vouloir épargner ledit palmier car, à part une maigre treille au-dessus de la porte, c'est le seul arbre du terrain ; de plus, il est très apprécié des enfants du garde-barrière et tient plus particulièrement compagnie à notre fils qui, en raison de sa santé fragile, est souvent alité et peut au moins apercevoir dans le cadre de la fenêtre ces palmes sans lesquelles il ne verrait que le ciel, ce qui engendre la mélancolie. Pour vous donner une preuve de l'affection que les enfants du garde-barrière éprouvent pour cet arbre, il suffit de dire qu'ils l'ont baptisé : au lieu de l'appeler palmier, ils l'appellent Joséphine, ce nom venant du fait que nous les avons une fois amenés en ville au cinéma pour voir *Quarantasette, morto che parla*[1], avec Toto, dans lequel on voyait la célèbre chanteuse noire française du même nom danser avec un magnifique couvre-chef fait de feuilles de palmier ; ainsi les enfants ont baptisé l'arbre Joséphine parce que, quand il y a du vent, il remue comme s'il dansait. »

Cette lettre est une des rares choses qui me reste de maman, c'est un brouillon de la lettre que nous avions envoyée, maman l'avait écrite de sa main sur mon cahier de rédaction, et ainsi quand j'ai été envoyé en Argentine, je l'ai emportée avec moi tout à fait par hasard, sans le

---

1. *Quarantasette, morto che parla* : film italien de 1950, acteur principal : Toto ; metteur en scène : Bragaglia ; non traduit en français. (*N.d.T.*)

savoir, sans imaginer que par la suite cette page
serait un vrai trésor à mes yeux. Une autre chose
qui me reste de maman, c'est une image, mais on
la voit mal sur cette photo qu'avait prise M.
Quintilio, sous la tonnelle, à la maison ; autour
de la table de pierre — ce doit être l'été — sont
assis papa et la fille de M. Quintilio, une fillette
maigre qui a de longues tresses et une robe à
fleurs, moi je suis en train de jouer avec un fusil
de bois et je fais semblant de tirer sur l'appareil,
sur la table il y a des verres et une fiasque de vin,
maman sort de la maison en portant une soupière, elle est à peine entrée dans l'angle de
prise de vue que M. Quintilio a déjà fait clic, elle
a fait irruption par hasard dans le champ de
l'appareil, et en bougeant, aussi est-elle de profil
et un peu floue, et l'on a de la peine à la
reconnaître. À tel point que je préfère l'évoquer
en me fiant à mes souvenirs. Car je me souviens
très bien d'elle, cette année-là, c'est-à-dire l'année du palmier coupé, j'avais dix ans, c'était
sûrement l'été, et l'événement s'est produit en
octobre, on se souvient très bien de ce qui s'est
passé quand on avait dix ans, et moi je ne pourrai jamais oublier ce qui est arrivé cette année-là
au mois d'octobre. Mais revenons plutôt à M.
Quintilio. Tu te souviens de lui ? Il était régisseur
dans une propriété qui était située à environ
deux kilomètres du passage à niveau, où nous
allions cueillir les cerises au mois de mai, c'était

un petit homme nerveux et gai qui racontait toujours des blagues, papa se moquait de lui parce que, au temps du fascisme, il avait été vice-secrétaire de la section locale, ou quelque chose de ce genre, et il en avait honte et secouait la tête en disant que tout ça, c'était du passé, et alors papa se mettait à rire et lui donnait une tape sur l'épaule. Et est-ce que tu te souviens de sa femme, Mme Elvira, cette grosse femme morose ? La chaleur la faisait terriblement souffrir, quand ils venaient dîner à la maison, elle apportait son éventail, elle suait, soufflait, puis s'asseyait dehors sous la tonnelle et s'endormait sur le banc de pierre, et même le passage des trains de marchandises ne la réveillait pas. C'était formidable, quand ils venaient le samedi, après le dîner, quelquefois il y avait aussi Mlle Palestro, une vieille demoiselle qui vivait toute seule dans une sorte de villa dépendant de la propriété, entourée d'un bataillon de chats, et qui voulait à tout prix m'enseigner le français parce que, dans sa jeunesse, elle avait été préceptrice des enfants d'un comte. Elle disait toujours « pardon », ou bien « c'est dommage[1] », et son exclamation favorite, qu'elle utilisait en toutes circonstances, pour souligner quelque chose d'important, ou seulement parce que ses lunettes étaient tombées, était « ah là là ! ». Ces

---

1. En français dans le texte. (*N.d.T.*)

soirs-là, maman s'asseyait devant son petit piano. Comme elle y tenait, à ce piano ! c'était un souvenir de sa bonne éducation, d'une jeunesse aisée, de son père qui était greffier, de vacances passées dans l'Apennin toscan — comme elle nous les racontait, ces fameuses vacances ! Et en plus, elle était diplômée en économie ménagère.

Si tu pouvais savoir combien, au début de mon séjour en Argentine, j'ai souhaité les avoir vécues, moi, ces vacances ! Je les ai tellement souhaitées, je les ai tellement imaginées, qu'il m'arrivait parfois quelque chose de bizarre, d'incontrôlable : je me mettais à revoir des vacances à Gavinana et à San Marcello, nous étions tout petits, toi et moi, sauf que toi, tu n'étais pas toi mais maman enfant, et moi j'étais ton frère et je t'aimais beaucoup, je revoyais les jours où nous allions au bord d'un ruisseau au-dessous de Gavinana pour attraper des têtards, toi, c'est-à-dire maman en fait, tu avais une épuisette et une drôle de grande coiffe avec des ailes, comme les cornettes des petites sœurs des pauvres, tu courais tout le temps devant en jacassant : « Courons, courons, les têtards nous attendent ! », et je trouvais cette phrase vraiment très amusante, elle me faisait mourir de rire, je ne pouvais pas arriver à te suivre tellement je riais, alors tu disparaissais dans le petit bois de châtaigniers au bord du ruisseau et tu criais : « Attrape-moi, attrape-moi ! », à ce moment-là je forçais l'allure et je te rejoignais, je te prenais par les épaules, tu poussais un petit cri et nous glissions, le terrain était en pente et nous commencions à rouler, et alors je te prenais dans mes bras et je te disais tout bas : « Maman, maman, serre-moi fort maman », et toi tu me serrais fort, pendant que nous roulions dans la pente tu étais devenue maman telle que je l'ai connue, je sentais ton parfum, j'embrassais tes cheveux, tout se mêlait, l'herbe, les cheveux, le ciel, et en cet instant d'extase la voix de baryton d'oncle Alfredo me disait : *« Entonces, niño, los platinados estan prontos*[1] *? »* Non, elles n'étaient pas prêtes, non. Je me retrouvais dans la gueule béante d'une vieille Mercedes, la boîte de vis platinées dans une main et un tournevis dans l'autre, le sol était maculé de taches bleues où se mêlaient l'huile et l'eau, « mais à quoi peut bien rêver ce gosse », disait oncle Alfredo avec bonhomie en me donnant une petite tape affectueuse. C'était à Rosario, en 1958, oncle Alfredo, après tant d'années passées en Argentine, parlait un drôle de mélange d'italien et d'espagnol, son garage s'appelait LA MOTORIZADA ITALIANA et l'on y réparait un peu de tout, mais surtout des tracteurs et de vieilles carcasses de Ford, comme enseigne il y avait, à côté du coquillage Shell,

---

1. En espagnol dans le texte. (*N.d.T.*) « Alors, mon garçon, les vis platinées sont prêtes ? »

une tour penchée, en néon, qui ne s'allumait qu'à moitié parce qu'il n'y avait plus de gaz dans les tubes et que personne n'avait jamais eu la patience de les changer. Oncle Alfredo était un homme corpulent, sanguin, patient et gourmet, avec un nez sillonné de minuscules veines bleues et une tendance naturelle à l'hypertension, tout le contraire de papa, on n'aurait jamais dit qu'ils étaient frères.

Ah, mais j'étais en train de te parler de ces soirées à la maison, quand nous avions des visites et que maman se mettait au piano. Mlle Palestro se pâmait quand elle entendait les valses de Strauss, mais moi ce que j'aimais le plus, c'était quand maman chantait. C'était tellement difficile de la convaincre de chanter, elle rougissait, s'excusait, disait en souriant : « Je n'ai plus de voix », mais elle finissait par céder aux prières de Mme Elvira qui, elle aussi, préférait les romances et les chansons aux valses. Alors pour finir, maman cédait, il se faisait un silence complet, maman commençait par des chansonnettes amusantes, pour mettre un peu d'ambiance, comme *Rosamunda* ou *Eulalia Torricelli*, Mme Elvira, ravie, un peu essoufflée, riait en gloussant comme une poule couveuse, son énorme poitrine se soulevait tandis qu'elle s'éventait pour se rafraîchir. Ensuite maman jouait un interlude au piano, sans chanter, Mlle Palestro demandait quelque chose de plus sérieux, maman levait les

yeux au plafond comme pour chercher l'inspiration ou réveiller des souvenirs, ses mains caressaient le clavier, c'était une heure où il ne passait
pas de train, il n'y aurait pas de bruits pour nous
déranger, par la fenêtre grande ouverte sur la
maremme montait le chant des grillons, une pha-
lène qui tentait vainement d'entrer venait battre
des ailes contre la moustiquaire, maman chantait
Luna rossa, All'alba se ne parte il marinaro, ou bien
une romance de Beniamino Gigli, *Oh begli occhi
di fata*[1]. Quel plaisir c'était de l'entendre chanter ! Mlle Palestro avait les yeux qui brillaient,
Mme Elvira en oubliait de s'éventer, tout le
monde regardait maman, elle avait une robe
bleu pâle un peu vaporeuse, toi tu dormais dans
ta chambre, tu ne savais pas ce qui se passait, ces
moments-là, tu n'as pas pu te les rappeler par
la suite. Moi j'étais heureux. Tout le monde
applaudissait. Papa débordait de fierté, il faisait
la tournée avec sa bouteille de vermouth et remplissait les verres des invités en disant : « Mais si,
mais si, nous ne sommes quand même pas chez
les Turcs. » Oncle Alfredo lui aussi utilisait tout le
temps cette expression bizarre, c'était drôle de la
lui entendre dire au milieu de ses phrases en

---

1. *Rosamunda* et *Eulalia Torricelli* sont évidemment des noms de
femmes. *Luna rossa* signifie « Lune rouge » ; *All'alba se ne parte il marinaro* : « À l'aube s'en va le marin » et *Oh Begli occhi di fata* : « Oh, beaux
yeux de fée ». Ces chansons furent populaires en Italie dans les années
trente et quarante. (*N.d.T.*)

espagnol, je me souviens, quand nous étions à
table, il aimait beaucoup les tripes à la mode de
Parme — il trouvait les Argentins idiots parce
que le seul morceau qu'ils aimaient dans le bœuf
était le steak — et tout en se servant abondam-
ment dans la grande soupière fumante il me
disait : « *Anda a comer, niño,* nous ne sommes
quand même pas chez les Turcs. » C'était une
phrase de leur enfance, à papa et à l'oncle
Alfredo, qui sait à quelle époque lointaine elle
remontait, je comprenais l'idée générale, ça
signifiait que l'on était dans une maison où l'on
ne manquait de rien et dont le maître était
généreux, qui sait pourquoi le contraire était
une caractéristique des Turcs, peut-être l'expression remontait-elle au temps des invasions
arabes. Et oncle Alfredo a effectivement été
généreux avec moi, il m'a élevé comme un fils,
qu'il n'avait pas eu d'ailleurs : il a été généreux et
patient, vraiment comme peut l'être un père, et
sans doute fallait-il beaucoup de patience avec
moi car j'étais un enfant mélancolique et distrait,
et mon étourderie me faisait faire des tas de
bêtises. La seule fois où je l'ai vu s'énerver, ça a
été terrible, mais ce n'était pas contre moi : nous
étions en train de manger, j'avais fait une grosse
bêtise avec un tracteur, il fallait faire une
manœuvre difficile pour le garer dans l'atelier,
j'étais peut-être dans la lune, et puis juste à ce
moment-là il y avait Modugno à la radio qui

chantait *Volare* et oncle Alfredo l'avait mis très
fort parce qu'il adorait cette chanson, toujours
est-il qu'en entrant dans le garage j'avais éraflé
tout le côté d'une Chrysler et que je l'avais bien
abîmée. Tante Olga n'était pas méchante, c'était
une Vénitienne bavarde et grognon qui était
restée obstinément attachée à son dialecte, on
comprenait à peine ce qu'elle disait tellement
elle mélangeait l'espagnol et le vénitien, c'était
catastrophique. Oncle Alfredo et elle s'étaient
connus en Argentine, ils n'étaient plus très
jeunes quand ils avaient décidé de se marier, et
on ne peut pas dire que ça avait été vraiment un
mariage d'amour, disons que ça leur convenait à
tous les deux, à elle parce qu'elle avait arrêté de
travailler à la conserverie de viande, et à oncle
Alfredo parce qu'il avait besoin d'une femme
pour tenir sa maison. Mais ils s'aimaient bien, ils
avaient de l'affection l'un pour l'autre, et tante
Olga respectait son mari et était aux petits soins
avec lui. Qui sait pourquoi cette phrase lui a
échappé ce jour-là, peut-être était-elle fatiguée,
énervée, elle avait perdu patience, mais le
moment était mal choisi car oncle Alfredo
m'avait déjà réprimandé et j'étais assez mortifié
comme ça, je ne levais pas les yeux de mon
assiette. Et voilà que tante Olga a dit de but en
blanc, mais sans vouloir me faire de peine, la
pauvre, comme ça, plutôt comme s'il s'agissait
d'une constatation : « C'est le fils d'un fou, il n'y

avait qu'un fou pour faire une chose pareille à sa femme.» Alors j'ai vu oncle Alfredo se lever calmement, blême, et la gifler d'un revers terrible. Le coup a été si violent que tante Olga est tombée de sa chaise, et dans sa chute elle s'est agrippée à la nappe qu'elle a entraînée avec tout ce qui était dessus. Oncle Alfredo est sorti lentement et est descendu travailler à l'atelier, tante Olga s'est relevée comme si de rien n'était, s'est mise à ramasser les débris, a balayé, mis une nouvelle nappe parce que l'autre était dans un triste état, a remis le couvert, et a crié du haut de l'escalier : «Alfredo, à table ! »

Quand je suis parti pour Mar del Plata, j'avais seize ans. J'emportais, cousu à l'intérieur de mon maillot de corps, un rouleau de pesos, et dans ma poche une carte de la *Pension Albano,* «*agua corriente fria caliente*», et une lettre pour le propriétaire, un Italien ami d'oncle Alfredo, un ami de jeunesse, ils étaient arrivés en Argentine sur le même bateau et ils étaient toujours restés en contact. Je devais aller dans un pensionnat tenu par des salésiens italiens où il y avait un conservatoire de musique, ou quelque chose de ce genre. C'est l'oncle et la tante qui m'avaient poussé à partir, j'avais terminé ma cinquième, je n'étais pas fait pour être garagiste, ça se voyait tout de suite, et tante Olga espérait que la ville me transformerait, je l'avais entendue dire un soir : «Quelquefois ses yeux me font peur, qui sait ce qu'il aura vu, ce pauvre gamin, qui sait de quoi il se souvient. » C'est sûr que mon comportement avait de quoi inquiéter, je le reconnais. Je ne parlais jamais, je rougissais, je m'embrouillais, je pleurais souvent. Tante Olga disait que c'étaient toutes ces chansonnettes qui me faisaient du mal, avec leurs paroles idiotes, oncle Alfredo, lui, essayait de me secouer un peu en m'expliquant les arbres à cames et les embrayages, et le soir il cherchait à me convaincre de l'accompagner au café *Florida* où il y avait beaucoup d'Italiens qui jouaient au *scopone*[1], mais je préférais rester à côté de la radio à écouter les émissions musicales, j'adorais les vieux tangos de Carlos Gardel, les sambas mélancoliques de Wilson Baptista, les chansonnettes de Doris Day, mais en fait j'aimais toute la musique. Et peut-être valait-il mieux que j'étudie la musique, si telle était ma vocation : mais loin des prairies, dans un endroit civilisé.

Mar del Plata était une ville fascinante et bizarre, déserte pendant la saison froide et pleine de monde durant les mois de vacances, avec d'énormes hôtels blancs de style 1900 qui inspiraient la mélancolie à la morte saison ; à cette époque-là c'était une ville peuplée d'équipages exotiques et de vieux qui l'avaient choisie pour y passer leurs dernières années et qui

---

1. Le *scopone* est un jeu de cartes aussi répandu en Italie que la belote en France. (*N.d.T.*)

essayaient de se tenir compagnie en se donnant rendez-vous à l'heure du thé aux terrasses des hôtels ou bien aux cafés-concerts où des orchestres minables égrenaient des chansonnettes et des tangos geignards. Je suis resté deux ans au conservatoire des pères salésiens. Avec le père Matteo, un petit vieux à moitié aveugle aux mains décharnées, j'étudiais à l'orgue Bach, Monteverdi et Pierluigi de Palestrina. Les leçons de culture générale étaient données par le père Simone pour la partie scientifique, et par le père Anselmo pour la partie classique dans laquelle j'étais particulièrement doué. J'aimais bien le latin, mais je préférais l'histoire, la vie des saints et des hommes illustres, parmi lesquels j'affectionnais en particulier Léonard de Vinci et Ludovic Antoine Muratori qui s'était instruit en se postant pour écouter sous la fenêtre d'une école, jusqu'au jour où l'instituteur l'avait découvert et lui avait dit: « Mais entre donc dans la classe, pauvre enfant ! »

Le soir je rentrais à la *Pension Albano* où le travail m'attendait, car la somme qu'oncle Alfredo m'envoyait chaque mois n'était pas suffisante. J'enfilais une veste que la señora Pepa faisait laver deux fois par semaine, et je prenais ma place dans le Comedor, une salle peinte en bleu pâle où il y avait une trentaine de tables, et des vues de l'Italie accrochées aux murs. Nos clients étaient des retraités, des représentants, quelque émigré italien de Buenos Aires qui pouvait s'offrir le luxe de passer quinze jours à Mar del Plata. C'était M. Albano qui dirigeait la cuisine, il savait faire les « pansoti » aux noix et les « trenette al pesto[1] », il venait de Camogli, sur la Riviera ligure, et il était pour Perón, il disait qu'il avait remis sur pied un pays de pouilleux. Et puis, à l'entendre, Evita était une fée !

Quand j'ai eu la chance de trouver un emploi stable au *Bichinho*, j'ai écrit à oncle Alfredo de ne plus m'envoyer d'argent. Ce n'est pas que je gagnais de quoi faire des folies, mais disons que cela suffisait, et je ne trouvais pas normal qu'oncle Alfredo passe son temps à réparer des tracteurs pour m'envoyer ces quelques pesos chaque mois. *O Bichinho* était un restaurant-cabaret tenu par un Brésilien grassouillet et souriant, le senhor João Paiva, et l'on pouvait y souper à minuit et écouter de la musique typique. C'était un établissement qui prétendait à la respectabilité et qui tenait à se distinguer des endroits réputés louches, et pourtant, si l'on y allait pour chercher une compagnie, on la trouvait facilement, mais avec de la discrétion et avec la complicité des serveurs, car ces choses-là ne se faisaient pas ouvertement, tout restait très convenable en apparence : il y avait quarante tables, avec des bougies, et au fond de la salle, près du vestiaire,

---

1. Spécialités de pâtes de la Ligurie. (*N.d.T.*)

deux autres tables qui étaient occupées par deux jeunes femmes assises devant une assiette toujours vide, en train de boire un apéritif, comme si elles attendaient le repas commandé. Et quand un monsieur seul entrait, le serveur le guidait avec dextérité et lui demandait discrètement : « Préférez-vous dîner seul, ou souhaitez-vous la compagnie d'une dame ? » Moi je savais très bien y faire, car c'était moi qui m'occupais du fond de la salle, tandis que Ramon s'occupait des tables proches de l'estrade où avait lieu le spectacle. Pour faire ces propositions, il fallait du tact, des manières, il fallait comprendre le client pour ne pas choquer sa susceptibilité, et moi, qui sait pourquoi, le client, je le devinais tout de suite, j'avais du flair, si l'on veut, et à la fin du mois les pourboires dépassaient le salaire. D'ailleurs Anita et Pilar étaient deux filles généreuses. Le clou du spectacle, c'était Carmen del Rio. Sa voix n'était plus celle de ses grandes années, bien sûr, mais elle attirait encore du monde. Avec le temps, le timbre rauque qui la rendait si fascinante dans les tangos les plus désespérés s'était atténué, était devenu plus clair, et elle cherchait en vain à le retrouver en fumant deux cigares avant le spectacle. Mais ce qu'il y avait de plus spectaculaire chez elle, et qui faisait à coup sûr délirer le public, ce n'était pas tant la voix qu'un ensemble de ressources : son répertoire, sa façon d'évoluer sur la scène, son maquillage, ses vêtements. Derrière le rideau du fond de scène, elle avait une loge pleine à craquer de colifichets et une garde-robe impressionnante, avec tous les vêtements qu'elle mettait dans les années quarante, à l'époque où elle était encore la grande Carmen del Rio : de longues robes de mousseline, de merveilleuses sandales blanches avec de très hauts talons de liège, les boas en plume, les châles de chanteuse de tango, une perruque blonde, une rousse, et deux brunes avec la raie au milieu et un gros chignon orné d'un peigne blanc, à l'andalouse. Le secret de Carmen del Rio, c'était le maquillage, elle le savait et passait des heures à se maquiller sans négliger le moindre détail : le fond de teint, les longs faux cils, sur les lèvres du rouge nacré comme on en mettait à son époque, et les ongles très très longs, laqués de vermillon, dans le genre femme fatale. Elle m'appelait souvent pour que je l'aide, elle disait que j'avais des doigts de fée et un goût exquis, j'étais la seule personne de l'établissement en qui elle avait confiance, elle ouvrait sa garde-robe et voulait que je lui donne des conseils. Je me faisais énumérer le programme de la soirée, pour les tangos elle savait quoi mettre, mais c'était moi qui choisissais pour les chansons pathétiques : d'habitude je jouais sur le clair, avec des robes vaporeuses dans des teintes pastel, je ne sais pas, abricot par exemple, une couleur qui lui allait à ravir, ou bien mauve pâle, une nuance que je trouvais incomparable pour *Ramona*. Ensuite je lui faisais les ongles, puis les cils, elle fermait les yeux et s'allongeait sur le petit fauteuil, la tête abandonnée sur le dossier, et elle me disait tout bas, comme si elle rêvait, « une fois j'ai eu un amant délicat comme toi, il me gâtait comme une petite fille, il s'appelait Daniel, il était québécois, qui sait ce qu'il est devenu ». De près, sans maquillage, Carmen marquait bien son âge, mais sous la lumière des projecteurs, une fois que je l'avais fardée, elle était encore royale. Je ne lésinais pas sur le fond de teint et le fard, bien sûr, et comme poudre je l'avais obligée à prendre un Guerlain très rose à la place de ces marques argentines trop blanches qui faisaient ressortir ses rides : le résultat était éclatant, elle m'en était reconnaissante, et disait que je la rajeunissais. Pour le parfum, je l'avais convertie à la violette, beaucoup, beaucoup de violette, et au début elle avait protesté, disant que la violette était un parfum vulgaire bon pour les gamines, mais elle ne savait pas que c'était justement ce contraste qui fascinait le public : de voir une vieille beauté fanée qui chantait le tango fardée comme une poupée rose. C'était cela qui créait le pathétique et faisait venir les larmes aux yeux.

Ensuite j'allais faire mon travail au fond de la salle, j'évoluais entre les tables d'un pas léger, « *más carabineros a la plancha, señor ?* », « *le gusta el*

vino rosado, señorita ? ». Je savais que, tout en
chantant, Carmen me cherchait des yeux et
quand, avec le briquet d'or du patron, j'allumais
la cigarette qu'un client venait de porter à ses
lèvres, je tenais un instant la flamme à hauteur
de mon cœur : c'était un code convenu entre
Carmen et moi, cela signifiait qu'elle chantait
d'une manière qui vous allait droit au cœur, et
je remarquais alors que sa voix vibrait plus fort et
devenait plus chaude. Elle avait besoin d'être
encouragée, la vieille et merveilleuse Carmen,
sans elle *O Bichinho* n'aurait pas existé.

Le soir où Carmen a arrêté de chanter, ça a
été la panique. Bien sûr, ce n'est pas volontairement qu'elle a arrêté : nous étions dans sa loge,
j'étais en train de la maquiller, elle était dans le
fauteuil devant la glace, en train de fumer son
cigare, les yeux fermés, et tout d'un coup la
poudre s'est mise à coller sur son front, je me
suis aperçu qu'elle suait, je l'ai touchée, c'était
une sueur froide, « je me sens mal », a-t-elle
murmuré, et elle n'a rien dit d'autre et a mis sa
main sur sa poitrine, je lui ai pris le pouls, mais
on ne sentait plus rien, je suis allé appeler le chef
de salle, Carmen tremblait comme si elle avait eu
la fièvre, mais elle n'avait pas de fièvre, elle était
glacée. Nous avons appelé un taxi pour l'emme-
ner à l'hôpital, je l'ai soutenue jusqu'à la sortie
de secours pour que le public ne la voie pas, « au
revoir, Carmen », lui ai-je dit, « ce n'est rien, je

viens te voir demain », et elle a esquissé un
sourire. Il était onze heures, les clients étaient
en train de dîner, sur la scène le projecteur
dessinait un rond de lumière vide, le pianiste
jouait en sourdine pour faire passer le temps,
mais de petits applaudissements d'impatience
montaient de la salle : on réclamait Carmen.
Derrière le rideau de scène, M. Paiva était extrêmement nerveux, il tirait sur son cigare avec
anxiété, il a appelé le chef de salle et lui a dit
d'offrir une tournée gratuite de *spumante*, peut-
être cela calmerait-il le public. Mais à ce
moment-là un petit chœur de voix s'est mis à
scander : « Car-men ! Car-men ! », et alors je ne
sais pas ce qui m'a pris, je n'ai pas réfléchi, j'ai
senti comme une force qui me poussait dans la
loge, j'ai allumé les lampes de maquillage autour
du miroir, j'ai choisi une robe très moulante,
pailletée, avec une fente sur le côté, dans le
genre faussement vulgaire, des chaussures à
talons très hauts, des gants de soirée noirs cou-
vrant la moitié du bras, et une perruque rousse
longue et bouclée. Les yeux, je les ai maquillés
lourdement avec un fard argenté, mais pour les
lèvres j'ai choisi un rouge très léger, un abricot
mat. Lorsque j'ai fait mon apparition sur la
scène, le projecteur m'a pris de plein fouet, le
public a cessé de manger, je voyais tous ces
visages qui me fixaient, les fourchettes étaient
restées en l'air. Ce public, je le connaissais, mais

je ne l'avais jamais vu de face, disposé ainsi en demi-cercle, prêt à attaquer, semblait-il. J'ai commencé par *Caminito verde*, le pianiste, qui était un type intelligent, s'est immédiatement accordé au timbre de ma voix en me faisant un accompagnement très discret dans les graves, alors j'ai fait un signe au machiniste et il a mis un disque bleu sur le projecteur, j'ai saisi le micro et j'ai commencé à murmurer dedans, puis j'ai laissé le pianiste jouer deux interludes pour prolonger la chanson, car le public ne me quittait pas des yeux. Et, tandis qu'il jouait, je me suis mis à évoluer lentement sur la scène, suivi par le faisceau de lumière bleue, de temps à autre je bougeais les bras comme si je nageais dans cette lumière bleue, en tenant les jambes légèrement écartées et en balançant la tête pour que les boucles viennent me caresser les épaules, comme je l'avais vu faire à Rita Hayworth dans *Gilda*. Alors le public a commencé à applaudir avec frénésie, j'ai compris que ça marchait, et je l'ai pris à contrepied : pour ne pas laisser l'enthousiasme s'atténuer, avant même la fin des applaudissements, j'ai attaqué une autre chanson, c'était *Lola Lolita la Piquetera*, puis un tango de Buenos Aires des années trente, *Pregunto*, qui a littéralement fait délirer la salle. J'ai été applaudi comme Carmen ne l'avait été que dans ses grands soirs. À ce moment-là, j'ai eu une inspiration, une idée folle : je suis allé vers le

pianiste et me suis fait donner sa veste que j'ai
mise par-dessus ma robe et, de manière un peu
ironique mais avec beaucoup de mélancolie, j'ai
chanté la romance de Beniamino Gigli *Oh begli
occhi di fata* comme si je l'avais dédiée à une
femme imaginaire pour laquelle je me mourais
d'amour ; et au fur et à mesure que je chantais,
cette femme que j'évoquais était réveillée par ma
chanson tandis que j'enlevais lentement la veste,
et tout en murmurant dans le micro la dernière
strophe, *della mia gioventù cogliete il fiore*[1], je
m'abandonnais dans les bras de mon amant,
mais mon amant c'était le public que je fixais
d'un air passionné, maintenant j'étais de nouveau moi-même, et j'ai écarté du pied la veste
que j'avais laissée tomber sur la scène. Et tout de
suite, sans attendre que l'enchantement ne se
dissipe, en frottant le micro contre mes lèvres,
j'ai commencé *Acércate más*. À ce moment-là il
s'est passé quelque chose d'indescriptible : les
hommes s'étaient levés pour applaudir, un
vieux monsieur qui portait une veste blanche
m'a lancé un œillet, un officier anglais d'une
table de la première rangée est monté sur la
scène et a voulu m'embrasser. Je me suis
échappé dans sa loge, je me sentais délirer d'excitation et de joie, j'éprouvais une sorte de fré-

---

1. Les paroles citées ici signifient : « de ma jeunesse cueillez la
fleur ». (*N.d.T.*)

missement dans tout le corps. Je me suis enfermé à l'intérieur, le souffle court, et je me suis regardé dans la glace : j'étais belle, j'étais jeune, j'étais heureuse. Alors comme par caprice, j'ai mis la perruque blonde, j'ai enroulé autour de mon cou le boa de plumes bleues en le faisant traîner jusqu'au sol derrière moi, et suis revenu sur scène en sautant à petits bonds, comme un lutin.

J'ai d'abord chanté *Que será será* à la manière de Doris Day, et ensuite j'ai attaqué *Volare* sur un rythme de cha-cha-cha, en roulant des hanches, et invitant le public à m'accompagner en frappant des mains pour scander le rythme : quand je chantais « vo-la-re ! », un chœur me répondait « oh-oh », et moi de reprendre « can-ta-re ! », et eux « oh-oh-oh-oh ! ». Dans la salle régnait le chaos le plus total. Quand je suis retourné dans la loge, j'ai laissé derrière moi le bruit et l'excitation, j'étais là, dans le fauteuil de Carmen, je pleurais de bonheur et j'entendais le public qui scandait « nombre ! nombre ! ». M. Paiva est entré, il était stupéfait et rayonnant, il avait les yeux qui brillaient, « il faut que tu sortes dire ton nom », dit-il, « nous n'arrivons pas à les calmer ». Alors je suis ressorti, le machiniste avait mis un projecteur rose qui m'inondait d'une lumière chaude, j'ai pris le micro, j'avais deux chansons qui se pressaient au fond de ma gorge, j'ai chanté *Luna rossa* et *All'alba se ne parte il marinaro*.

Et quand les applaudissements prolongés se sont atténués, j'ai murmuré dans le micro un nom venu spontanément sur mes lèvres. «Joséphine», ai-je dit, «Joséphine.»

Lina, bien des années ont passé depuis ce soir-là, et j'ai vécu ma vie comme il me semblait que je devais la vivre. Tout au long de mes pérégrinations à travers le monde, j'ai toujours voulu t'écrire, mais je n'ai jamais eu le courage de le faire. Je ne sais pas si tu as jamais appris ce qui s'était passé lorsque nous étions enfants, il est possible que l'oncle et la tante n'aient pas réussi à te le dire, ce ne sont pas des choses faciles à raconter. Quoi qu'il en soit, quoi que tu saches ou viennes à savoir, rappelle-toi que papa n'était pas méchant, pardonne-lui comme je lui ai pardonné. Moi, d'ici, de cet hôpital de cette ville lointaine, je te demande un service. Si ce que je vais affronter volontairement devait avoir une issue négative, je te prie de prendre soin de ma dépouille. J'ai laissé des dispositions précises à un notaire et à l'ambassade d'Italie pour que mon corps soit rapatrié, tu recevras dans ce cas une somme suffisante pour l'enterrement, et une somme à part comme gratification, car de l'argent, dans ma vie, j'en ai gagné assez. Le monde est stupide, Lina, la nature est ignoble, et je ne crois pas à la résurrection de la chair. Mais je crois aux souvenirs et je te prie d'exaucer les miens. À deux kilomètres environ de la maison de garde-barrière où nous avons passé notre enfance, entre le village et la propriété où travaillait M. Quintilio, il y a un petit chemin au milieu des champs qui, autrefois, était signalé par le panneau « Turbines », parce qu'il menait à la pompe de drainage des marais ; en le prenant, après les écluses, à quelques centaines de mètres d'un groupe de maisons rouges, on arrive à un petit cimetière. C'est là que repose maman. Je veux être enterré à côté d'elle, et sur la plaque tu feras mettre un agrandissement d'une photo de quand j'avais six ans. C'est une photo qu'ont gardée l'oncle et la tante, tu as dû la voir des dizaines de fois, nous y sommes tous les deux, toi et moi, toi tu es toute petite, un bébé couché sur une couverture, moi je suis assis à côté de toi et je te tiens la main, on m'a mis un tablier et un nœud qui retient mes cheveux bouclés. Je ne veux pas de dates. Ne fais pas mettre d'inscription sur la plaque, je t'en prie, rien que le prénom, mais pas Ettore : le prénom par lequel signe cette lettre, avec l'amour fraternel qui me lie à toi, ta

JOSÉPHINE.

Théâtre

1

Le jardin de la petite caserne se perdait dans la masse sombre de la forêt qui assiégeait la clairière. C'était une construction coloniale, avec une façade d'un rose passé et des persiennes jaunes, qui devait remonter à 1885, au temps des escarmouches avec Cecil Rhodes, à une époque où elle pouvait constituer un quartier général convenable pour le commandant qui contrôlait la frontière occidentale proche du Zambèze. Depuis 1890, c'est-à-dire depuis le moment où nos troupes s'étaient retirées de la zone du Nyassaland, la caserne n'avait plus de garnison. Elle était occupée par un capitaine de réserve qui y restait pendant toute la durée de son séjour sous les drapeaux, et par deux soldats noirs et leurs femmes, deux *cipayes* un peu âgés et silencieux dont l'unique fonction était apparemment de servir d'infirmiers aux habitants du village voisin qui travaillaient pour la compagnie forestière. Le jour de mon arrivée il y avait eu un va-et-vient frénétique de gens qui boitaient, mais le capitaine m'avait assuré qu'il s'agissait d'un cas exceptionnel, une pile de bois s'était écroulée sur les embarcadères au bord du Zambèze. D'habitude les Noirs préféraient se soigner seuls avec leurs méthodes tribales, les Sengas étaient des gens très particuliers, je le savais probablement mieux que lui ; et puis les équipements médicaux de la caserne laissaient trop à désirer, inutile de se faire des illusions là-dessus. Le capitaine était un homme loquace et aimable aux manières empruntées, il m'appelait Excellence, et devait avoir mon âge ou à peine plus : son accent et son accueil, provincial et désuet, laissaient deviner qu'il était du Nord, de Porto peut-être, ou bien d'Amarante ; sa mâchoire carrée, sa barbe bleuâtre, ses yeux humbles et patients évoquaient des générations de paysans ou de montagnards dont le bref séjour dans l'armée n'était pas parvenu à effacer l'empreinte. Il étudiait le droit, était inscrit à l'université de Coimbra, et entrerait dans la magistrature à la fin de son service en Afrique, il lui restait huit examens à passer. Et pour étudier, il avait tout le temps qu'il voulait, dans cet endroit-là.

Il me fit servir un jus de tamarin frais sur la petite véranda envahie par les plantes grimpantes et engagea une conversation courtoise et pleine de tact qui laissait transparaître le désir d'adopter une attitude désinvolte et familière que, du reste, il ne parvenait pas à maintenir. Il s'informa avec componction de mon voyage. Merci, cela s'était très bien passé, si tant est que puissent se passer très bien trois cents kilomètres en camion sur une route telle que celle-ci ; Joquim était un excellent chauffeur ; j'étais arrivé jusqu'à Tete par le train, bien sûr ; non, le climat de Tete n'était pas à proprement parler des meilleurs ; les nouvelles d'Europe que j'avais remontaient à six jours, rien de particulièrement intéressant à signaler, me semblait-il ; théoriquement je devais rester douze mois, s'il en fallait effectivement autant pour faire un relevé du district de Kaniemba avec une ébauche de recensement. Mais peut-être dix mois suffiraient-ils. Merci pour son aimable proposition d'aide, j'allais certainement en avoir besoin. Je lui serais très reconnaissant s'il pouvait mettre à ma disposition le cipaye qui savait écrire. À propos, la caserne avait-elle des archives ? Très bien, nous allions commencer par là. Il avait une certaine expérience des archives ? Parfait, je n'en espérais pas tant. D'ailleurs mes relevés seraient assez approximatifs, pour tout dire simplement indicatifs en vue d'un futur recensement que le gouvernement avait l'intention de faire dans la zone de Kaniemba.

Le jus de tamarin fut suivi d'une eau-de-vie très forte que les cipayes distillaient dans la caserne, puis nous passâmes à des sujets plus futiles, plus amicaux. Le soir qui tombait s'emplissait des bruits intranquilles de la forêt, les moustiques commençaient à être redoutables, une brise très légère nous apportait l'odeur âcre du sous-bois. Le capitaine fit glisser les moustiquaires, alluma la lampe à pétrole et me demanda la permission de se retirer afin de donner des ordres pour le dîner. Est-ce que je voulais bien l'excuser de me laisser seul ? nous continuerions notre conversation à table. Je l'excusai volontiers. Il ne me déplaisait pas de rester à regarder la nuit, dans le silence, à la lueur de la lampe. Il m'avait semblé inutile de le lui dire, mais, ce jour-là, je finissais ma quatrième année d'Afrique. J'avais envie de méditer là-dessus.

2

En 1934, le Mozambique était une colonie habitée par des gens étranges et par de grandes solitudes, peuplée d'inquiétantes ombres serviables, de présences rares et fantomatiques, de figures d'aventuriers, improbables et fuyantes. Il y avait là quelque chose des romans de Conrad,

l'inquiétude peut-être, ainsi que l'abjection et la
secrète mélancolie.

J'avais débarqué à Lourenço Marques quatre
ans auparavant avec en poche ma toute récente
licence en Sciences politiques et coloniales, un
nom de famille qui suscitait les saluts respectueux
dans les bureaux de l'administration, et le souvenir encore cuisant d'une brève dispute avec mon
père qui trouvait peu honorable pour une maison
comme la nôtre la fonction de « Chefe de circon-
scrição » dans un pays sauvage, pour tout dire un
poste de fonctionnaire colonial. Peut-être cela ne
me paraissait-il pas très satisfaisant à moi non plus.
Mais Lisbonne m'incommodait comme un vêtement qui n'aurait pas été fait pour moi : le
Chiado, le café de la Brasileira, les vacances d'été
à Cascais dans la villa de famille, les journées
oisives de la jeunesse de mon rang, les chevaux
au Club de la Marinha, les bals des ambassades,
tout cela était devenu étouffant. Mais qu'est-ce
que je pouvais bien faire, si je voulais vivre ma vie,
avec une licence en Sciences coloniales ? Peut-
être l'erreur était-elle d'avoir entrepris ces études.
Mais les études étaient désormais terminées. Il me
restait à choisir entre les loisirs de Lisbonne et
l'Afrique. Je choisis l'Afrique. J'étais seul, dispo-
nible, détaché et tranquille. J'avais vingt-six ans.

Inhambane, après deux années passées à Tete,
m'avait presque semblé l'Europe, et pourtant
c'était une ville engourdie et sale, d'une beauté

décrépite, traversée par des personnes provi-
soires. D'une certaine façon, le petit port de commerce abrité derrière la Ponta da Barra, où
faisaient escale les vapeurs de Port Elizabeth et de
Durban se dirigeant vers la mer Rouge, donnait
chaque mois l'illusion de la civilisation et consti-
tuait un lien ténu avec le monde. La promenade
sur les quais à l'arrivée des petits cargos anglais ou
du bateau de ligne pour Lisbonne était un bien
maigre réconfort, mais c'était tout ce dont on dis-
posait : et la fumée du bateau qui s'éloignait à
l'horizon éveillait la nostalgie d'une Europe aussi
lointaine qu'un conte pour enfants au fond de
notre mémoire, déjà floue dans les souvenirs,
irréelle peut-être. L'Afrique, avec son imma-
nence et sa lassitude, augmentait les distances et
amortissait les souvenirs. Les journaux relataient
qu'en Autriche le chancelier Dollfuss avait été
assassiné, qu'en Amérique il y avait dix-sept millions de chômeurs, qu'en Allemagne le Reichstag
brûlait. Mon père m'écrivait des lettres prolixes et
pleines d'informations : l'un de mes frères pensait
à entrer dans les ordres, on avait installé le téléphone à la villa de Cascais, la cause monarchique
avait subi un rude coup avec la mort de Dom
Manuel, notre roi. Sa disparition laissait comme
prétendant au trône un jeune homme inconnu et
étranger qui était lié à la faction miguéliste très
conservatrice, alors que ma famille appartenait à
l'aristocratie libérale. La nouvelle constitution

portugaise qui s'étalait devant moi définissait mon pays comme « un État unitaire et corporatif », et une dépêche gouvernementale ordonnait d'accrocher dans les bureaux de l'administration la photographie d'un jeune professeur de Coimbra devenu ministre du Conseil, au visage méprisant et ambitieux, Antonio de Oliveira Salazar. Je l'avais accrochée au mur derrière moi avec une vague impression de malaise. Mais je conservais sur mon bureau le portrait de Dom Manuel, auquel m'avait lié une affection presque filiale. C'était une contradiction, mais l'Afrique laissait vivre les contradictions avec une parfaite tolérance. Le dernier vapeur anglais m'avait apporté un roman qui était à la mode en Europe et qui se passait sur la Côte d'Azur, mais il traînait sur mon bureau sans que je l'aie ouvert. Les nuits d'Inhambane étaient trop loin des lumières d'Antibes dont parlaient les romans à la mode. La vie était apparemment la même : il y avait des palmiers, la lune était théâtrale, aux dîners du Club on mangeait de la langouste, on aimait de passions aussi intenses qu'éphémères, le petit orchestre se risquait au jazz, les dames acceptaient qu'on leur fasse la cour avec une facilité désarmante. Mais tout cela était vécu comme quelque chose d'étranger et de lointain. L'Afrique était un territoire de l'esprit, une non-prévisibilité, un hasard. En Afrique tout le monde avait l'impression d'être loin, y compris de soi-même.

3

En fait le voyage ne s'était pas bien passé, j'avais menti au capitaine. Il avait été pénible et parsemé d'incidents, parmi lesquels un enlisement qui nous avait fait perdre une matinée entière. Joaquim était heureusement un mécanicien de premier ordre et il connaissait parfaitement les routes. C'était un vieux mulâtre gentil et patient, habitué aux difficultés et résigné aux malheurs, qui affrontait la vie comme un devoir, et les désagréments de la route comme un dérivatif à l'ennui du voyage.

Étendu sur la couchette du camion, tandis que la forêt africaine se déroulait au-dessus de moi, je repensais à la baguette du vice-gouverneur en train de se déplacer sur la carte accrochée au mur, dans son bureau d'Inhambane, pour m'indiquer le parcours le plus facile. Il faisait chaud, le ventilateur ronflait bruyamment, par la fenêtre ouverte entraient la lumière de midi et le brouhaha d'un marché qu'amortissaient les arbres du jardin. La baguette se déplaçait lentement le long de la piste de Tete, déviait vers le nord-ouest, à cet endroit-là la piste n'était sur la carte qu'un mince fil blanc perdu dans le vert sombre de la forêt, il n'y avait aucune ville dans un rayon de trois cents kilomètres, le premier centre un peu important était Kaniemba, et ensuite il y en avait pour deux jours de camion, si nous ne tombions pas en panne. Maintenant j'étais en train de suivre le parcours tracé par la baguette, j'exécutais cet ordre incompréhensible et peut-être un peu absurde. Faire un recensement à la limite de la région de Kaniemba, à plus de cinq cents kilomètres de mon affectation, avec un travail qui pouvait théoriquement durer dix mois, cela avait l'allure d'une punition et aussi d'un avertissement plein de menaces. Je m'interrogeais sur les raisons qui avaient pu conduire mon supérieur à me confier cette charge : je revoyais la photo de Dom Manuel sur mon bureau ; le procès intenté à un riche colon contre lequel je m'étais constitué partie civile en raison de ses abus envers ses employés ; les menaces d'un personnage très important sur les trafics duquel j'avais eu l'indiscrétion de commencer une enquête. Peut-être y avait-il un peu de tout cela, ou bien quelque chose d'autre que je n'arrivais pas à comprendre. Mais même si je l'avais su, cela n'aurait pas changé grand-chose maintenant.

4

Le cipaye m'apporta la lettre alors que nous prenions le café ; le capitaine était en train de me raconter une histoire bien portugaise, pleine de

misère et de noblesse. C'était un carton d'invitation imprimé, de ceux que l'on utilise entre personnes qui ont un certain usage du monde. Il était
légèrement chiffonné et avait l'air franchement
vieux. Il disait en anglais que Sir Wilfred Cotton
avait l'honneur d'inviter à dîner (suivait un
espace où l'on avait écrit mon nom à la plume) le
jeudi 24 octobre, à dix-neuf heures. L'habit de
soirée était souhaité. Prière de répondre.

Je tournai et retournai cette carte entre mes
doigts. Je devais avoir l'air perplexe, et il y avait
de quoi. Une caserne habitée par un militaire et
deux vieux cipayes, la ville de Kaniemba — en
admettant que l'on pût appeler cela une
ville — à deux jours de route, la forêt la plus
épaisse tout autour sur des kilomètres : et voilà
qu'arrivait une invitation à dîner en habit de
soirée et avec prière de répondre. Je demandai
au capitaine qui pouvait bien être Sir Wilfred
Cotton. Un Anglais, ça, bien sûr, je m'en serais
douté. Mais quel genre d'Anglais, qui était-il,
que faisait-il ? Il était arrivé quelques mois auparavant, il venait peut-être de Salisbury, c'est du
moins ce que pensait le capitaine, il habitait un
petit cottage à la limite du village, le capitaine
ne savait pas du tout qui c'était, il vivait toujours
à part, c'était un monsieur âgé, disons la cin-
quantaine, peut-être un peu plus, il avait une
allure élégante, l'air distingué.

Je fis le geste de mettre l'invitation dans ma

poche, mais le cipaye me regardait d'un air contrit, sans quitter la pièce. Je lui demandai ce qu'il y avait encore. Il y avait que le domestique de M. Cotton était à la porte de la cuisine, Excellence, voilà ce qu'il y avait, est-ce qu'il pouvait le renvoyer comme ça ? Il faisait dire à Son Excellence qu'il se permettait de lui rappeler que demain, c'était jeudi, voilà exactement ce qu'il avait dit.

5

Le cottage de Wilfred Cotton avait appartenu à l'administration de la compagnie forestière, avant que l'usine ne se déplaçât à deux kilomètres au sud, en direction du Zambèze. Sur la petite colonnade de bois de l'entrée, on voyait encore, sous la peinture récente, une hache avec une lame en forme de queue d'hirondelle : c'était l'emblème de la compagnie. Une petite bananeraie abandonnée séparait la maison du village ; au fond, en direction du fleuve, passait la piste de Tete ; sur tout le reste s'étendaient, menaçants, les tentacules de la forêt.

Il était sept heures précises. Cotton m'attendait debout sur la véranda. Il portait une veste blanche et un nœud papillon de soie. Il me souhaita la bienvenue, le dîner était déjà prêt, si je voulais lui faire le plaisir de prendre place, mon

chauffeur pouvait manger à la cuisine, il envoyait
son domestique l'appeler, désirais-je un apéritif ?
Un boy en pantalon noir et chemise blanche
attendait près d'une crédence, une bouteille de
vin à la main ; sur la table il y avait un meat pie
nappé de confiture de myrtilles. Ce fut un dîner
rapide, agréable, distrayant, accompagné d'une
conversation neutre et formelle. Allais-je rester
longtemps ? Un an peut-être. Oh, vraiment ? il
espérait que cette perspective ne m'effrayait pas,
l'endroit me plaisait-il ? moyennement ? oh, bien
sûr, il trouvait cela compréhensible, mais le climat n'était pas désagréable du tout, n'était-ce
pas mon avis ? l'humidité était supportable. Un
phonographe, dans la salle de séjour, diffusait en
sourdine du Haydn.

Au moment de prendre le thé, nous parlâmes
du thé. Celui que nous étions en train de boire,
si foncé et si parfumé, était un mélange de son
invention : des feuilles de Congou, de ces feuilles
minuscules, qui donnent une couleur profonde
et contiennent un fort pourcentage de théine,
mêlées à une qualité du Nyassa, légère et très
parfumée. Un carillon sonna huit heures et Wilfred Cotton me demanda si j'aimais le théâtre. Je
l'aimais beaucoup, avouai-je avec un certain
regret dans la voix, à Lisbonne je l'avais beaucoup aimé, c'était peut-être l'expression artistique que j'avais le plus aimée. Mon hôte se leva,
avec une certaine hâte me sembla-t-il. Très bien,

dit-il, alors je crois que ce soir il y a une représentation. Si vous voulez bien vous diriger par là, j'aurai le plaisir de vous inviter. Il convient de nous dépêcher.

6

La cabane se trouvait au milieu de l'esplanade qui séparait le cottage de la forêt. C'était une vaste cabane circulaire faite de roseaux comme celles des Noirs, mais d'une apparence plus solide. À l'intérieur, les cannes étaient blanchies à la chaux. Au centre, une petite estrade avec un pupitre, et, appuyé au mur, un simple siège : il n'y avait rien d'autre. Wilfred Cotton me pria de m'asseoir, monta sur l'estrade, ouvrit un livre qu'il avait sous le bras et dit : « William Shakespeare, King Lear, Act One, Scène One. A state room in King Lear's palace. »

Il lut, ou plutôt il dit avec une intensité surprenante tout le premier acte et la moitié du second. Il fut un Lear ravagé par une mortelle mélancolie, mais aussi un Fool étincelant de génie, cynique et brûlant. Vers la moitié du second acte, sa voix parut trahir une certaine fatigue, la discussion entre Lear et Régane fut lente, un peu embarrassée. J'eus envie de me lever, de lui dire cela suffit maintenant, Sir Wilfred, je vous en prie, arrêtez-vous, ça a été très beau, mais peut-être êtes-vous fatigué, vous me semblez pâle, vous transpirez. Mais, à ce moment-là, le duc de Cornouailles se mit à parler. Il avait une voix profonde, troublée, pleine de présages. « *Let us withdraw, t'will be a storm !* » Partons, dit-il, il va y avoir un ouragan. Et ainsi la tragédie reprit de la vigueur, les voix s'animèrent, Gloucester bondit en avant pour dire que le roi était au comble de la fureur, que la nuit avançait et que les vents étaient déchaînés. Et à ce moment-là la voix profonde de Cornouailles, qui semblait résonner dans une immense salle de château aux plafonds très hauts, cria de verrouiller les portes, dans cette nuit de tempête, pour se protéger de l'ouragan.

C'est l'entracte, dit Wilfred Cotton. Voulez-vous aller boire quelque chose au foyer ?

7

Le domestique nous attendait sur la véranda du cottage où des liqueurs étaient prêtes. Nous bûmes un cognac debout, appuyés à la mince balustrade de bois, tout en regardant la nuit devant nous. Les singes qui, tout au long du crépuscule, avaient fait un vacarme épouvantable, se taisaient maintenant, endormis sur les arbres. De la forêt ne sortaient que des bruissements, des bruits étouffés, le cri d'un oiseau parfois. Sir Wilfred me demanda si la tragédie me plaisait. Je répondis affirmativement. Et que pensais-je de l'interprétation ? Est-ce que je préférais King Lear ou le Fool ? J'avouai que l'interprétation du Fool m'avait semblé fascinante, tellement agressive et pleine de furie, presque démentielle. Mais à dire la vérité, j'avais été conquis par l'interprétation de Lear : il y avait en lui quelque chose de malade, de presque abject, une langueur métaphysique, une malédiction. Il acquiesça. C'est pour cela que l'interprétation du Fool avait été aussi hystérique, hallucinée, fébrile : parce qu'il fallait qu'il y eût un fort « comic relief » pour souligner la langueur ténébreuse de Lear. Le roi Lear de ce soir, me dit-il, rendait hommage à Sir Henry Irving. Je ne le connaissais pas ? C'était normal, je n'étais peut-être pas encore né quand il était mort : Henry Irving, 1838-1905, le plus grand acteur shakespearien de tous les temps, avait des gestes de roi et une voix de harpe, Lear était son personnage favori, personne ne pourrait jamais l'égaler, sa tristesse était profonde comme l'enfer, et l'on ne pouvait résister à son tourment lorsque, à la scène trois de l'acte cinq, il portait ses mains à ses tempes comme pour les empêcher d'éclater, et murmurait : « Ah ! en allée pour toujours ! je sais bien voir si l'on est mort ou encore vivant... elle est aussi morte que de la terre [1] ! »

---

1. Traduction de C. Chemin, Aubier-Montaigne, Paris, 1976. (*N.d.T.*)

Mais peut-être pourrons-nous poursuivre notre conversation une autre fois, continua Wilfred Cotton, le troisième acte va commencer.

8

Pendant six mois, jusqu'à la fin de l'année 1934, j'allai chaque jeudi au théâtre chez Wilfred Cotton. Il fut tour à tour un Hamlet ridicule, peureux et sans grâce, mais aussi un aimable Laërte ; un Othello fou, mais aussi un perfide Iago ; un Brutus tourmenté et amer, mais aussi un Antoine présomptueux et méprisant. Et bien d'autres personnages encore, à travers la fiction de la joie et de la douleur, de la victoire et de la défaite, sur la pauvre scène de la cabane. Nos conversations du soir, au dîner comme au foyer, furent toujours aimables, mais jamais amicales, cordiales mais jamais confidentielles, affables mais jamais intimes. Nous parlâmes beaucoup de théâtre, et puis aussi du climat, et de nourriture, et de musique. Nous eûmes de l'estime l'un pour l'autre sans jamais nous le dire, unis par une complicité que des mots trop explicites auraient irrémédiablement compromise.

La veille de mon départ, hors programme — c'était un samedi soir —, Wilfred Cotton m'invita pour un dîner d'adieu. Ce soir-là, en l'honneur de la joie qui devait se lire sur mon visage malgré mes efforts pour la contrôler, il donna *A Midsummer Night's Dream* parce que, dit-il, cette comédie écrite pour célébrer d'augustes noces convenait aussi pour fêter mon divorce avec une partie du globe que je n'avais peut-être pas particulièrement aimée.

Nous nous saluâmes dans le théâtre. Je lui demandai de ne pas m'accompagner au camion, je préférais que nous nous quittions dans cet étrange lieu qui avait été l'espace scénique de notre curieuse relation. Je ne le revis jamais.

Au mois d'octobre 1939, dans mon cabinet de Lourenço Marques, une dépêche me passa sous les yeux. C'était une requête du consulat anglais du Mozambique en vue de récupérer le corps d'un sujet de Sa Majesté britannique décédé en territoire portugais. Le sujet se nommait Wilfred Cotton, soixante-deux ans, né à Londres, décédé dans le district de Kaniemba. C'est seulement à ce moment-là, alors que le pacte tacite que j'avais conclu en d'autres temps n'avait plus de raison d'être, que la curiosité humaine l'emporta en moi, et je me précipitai au consulat d'Angleterre. Je fus reçu par le consul, un ami à moi. Il parut surpris quand je lui révélai que j'avais autrefois connu Wilfred Cotton, et parut aussi légèrement étonné que j'aie pu ignorer qu'il s'agissait d'un grand acteur shakespearien, très aimé du public anglais, qui avait disparu de la société des années auparavant sans que personne ait jamais réussi à retrouver sa trace. Avec une indiscrétion qui ne lui était guère familière, le consul tint aussi à me révéler les motifs qui avaient conduit Wilfred Cotton à aller mourir dans ce coin perdu du monde. Je crois qu'on n'ajouterait pas grand-chose à cette histoire en les relatant. C'étaient des motifs généreux et nobles, tragiques peut-être. Ils auraient pu figurer dans un drame de Shakespeare.

Les samedis après-midi

Il était en vélo, dit Néna, il avait sur la tête un mouchoir noué aux quatre coins, je l'ai bien vu, lui aussi il m'a vue, j'ai compris qu'il voulait quelque chose de la maison, mais il est passé comme s'il ne pouvait pas s'arrêter, il était exactement deux heures.

À cette époque-là, Néna portait un appareil car ses dents du haut s'obstinaient à pousser de travers, elle avait un chat tirant sur le roux qu'elle appelait « mon Belafonte », et passait ses journées à chantonner *Banana Boat*, ou plutôt à siffloter cet air car ses dents de travers lui permettaient de siffler très bien, mieux que moi, même. Maman paraissait très mécontente, mais en général elle ne se fâchait pas après elle, elle se contentait de lui dire mais laisse donc cette pauvre bête tranquille, ou bien, les jours où elle était triste et faisait semblant de se reposer dans un fauteuil tandis que Néna courait dans le jardin sous les lauriers-roses où elle avait installé

son pied-à-terre, elle se mettait à la fenêtre en
écartant une mèche de cheveux qui collait à
cause de la sueur, et d'un air las, sans avoir l'air
de faire un reproche, comme s'il s'agissait d'une
plainte intime ou d'une litanie, elle lui disait
mais cesse donc de siffler ces idioties ! tu crois
que le moment est bien choisi ? et puis tu devrais
savoir que les petites filles comme il faut ne
sifflent pas.

Le pied-à-terre de Néna était constitué de la
chaise longue qui avait été la préférée de papa et
qu'elle avait appuyée, comme pour faire un mur,
aux deux grandes jarres de terre cuite où étaient
plantés les troènes. Sur la pelouse, qui lui servait
de plancher, elle avait disposé toutes ses poupées
(ses « petites amies »), le pauvre Belafonte avec
une laisse et un téléphone en laiton rouge, un
cadeau que tante Yvonne m'avait fait l'année précédente pour ma fête et que je lui avais passé. Je
ne l'avais jamais aimé d'ailleurs, c'était un jouet
idiot et pas du tout fait pour un garçon de mon
âge, mais il ne fallait rien dire et être poli, disait
maman, tante Yvonne n'avait pas d'enfants — et
pourtant Dieu sait qu'elle aurait aimé en avoir, la
pauvre — et elle n'avait aucune idée des jouets
qui pouvaient plaire à un garçon. À dire la vérité,
tante Yvonne n'avait aucune idée de rien, même
pas de ce qu'il faut dire en certaines circonstances, elle était tellement distraite ! Elle était
toujours en retard aux rendez-vous, et quand

elle arrivait chez nous par le train, elle avait toujours oublié quelque chose, mais ce n'était pas un mal, disait maman, heureusement que tu as oublié quelque chose, sinon que ferions-nous? Alors tante Yvonne souriait comme une petite fille prise en faute en regardant d'un air très embarrassé tous les bagages qu'elle avait déposés dans l'entrée, tandis que dans la rue le taxi klaxonnait pour lui rappeler qu'elle ne l'avait pas encore payé. Et c'est ainsi, à cause de son étourderie, qu'elle avait commis une « gaffe impardonnable », comme elle l'avait dit elle-même, aggravant encore la situation, tandis que maman sanglotait sur le divan (mais maman lui avait pardonné tout de suite) : elle était arrivée chez nous aussitôt après la catastrophe en s'annonçant par un coup de téléphone, c'était le vieux Tommaso qui avait répondu, et elle avait pris congé de lui en disant tous mes compliments à notre jeune officier, et cet idiot de Tommaso l'avait répété en pleurant comme un veau ; mais on ne pouvait rien y faire, il avait de l'artériosclérose, et, même jeune, il n'avait jamais été très malin, c'est ce que j'avais toujours entendu dire. Il avait répété ça, alors que maman parlait avec le notaire dans le salon, ce jour infernal où elle avait dû penser à tout, « à tout, sauf à ce à quoi j'aurais réellement voulu penser, seule avec ma douleur ». Mais le fait est que ces mots d'adieu, tante Yvonne les répétait depuis des années : c'était une plaisante-

rie qui remontait à 1941, quand papa et maman
étaient encore fiancés : il était officier à La Spe-
zia, et, pour que maman et tante Yvonne
viennent en vacances, il avait loué à Rapallo une
petite villa dont la propriétaire était une vieille
dame très courtoise qui ne perdait pas une occasion de mettre en valeur ses origines aristocra-
tiques, très discutables d'ailleurs ; elle aimait
faire la conversation tout en arrosant son jardin,
tandis que maman et tante Yvonne prenaient le
frais sur la terrasse, et lorsqu'elle s'en allait elle
disait toujours tous mes compliments à notre
jeune officier, ce qui faisait rire aux éclats tante
Yvonne qui quittait la terrasse à toute vitesse pour
laisser libre cours à son fou rire.

Ainsi ces après-midi d'été, quand maman se
reposait dans son fauteuil, les yeux couverts d'un
mouchoir, si par hasard elle entendait Néna siffloter *Banana Boat*, elle soupirait et laissait faire.
Qu'est-ce que tu veux y faire, la pauvre chérie,
avais-je entendu dire à tante Yvonne, si elle n'est
pas heureuse à son âge, quand veux-tu qu'elle le
soit ? Laisse-la donc tranquille ! Et maman, les
yeux brillants de larmes, avait acquiescé en se
tordant les mains. Tante Yvonne était venue nous
dire au revoir au début du mois de mai, avec un
air contrit, en plus de son habituel air distrait.
Elle avait dit tu comprends, ma chérie, nous ne
pouvons pas faire autrement, qu'est-ce que tu
veux, Rodolfo ne peut plus rester ici, tu sais bien

qu'ils lui sont tous tombés dessus comme des cha-
cals, il n'y a pas un jour où son nom ne soit cité
sur les pages financières, on ne peut pas vivre
comme ça, fût-il directeur de la Banque d'Italie !
et puis tu sais, ce travail en Suisse, c'est une pro-
motion, nous n'avons malheureusement pas eu
d'enfants, sa seule satisfaction maintenant, c'est
sa carrière, je ne peux quand même pas lui enlever son seul but dans la vie, ce serait *inhumain* ; et
puis, Lausanne, ce n'est quand même pas le bout
du monde, non ? nous nous verrons au moins
une fois par an, de toute façon nous serons ici en
septembre, et puis si vous voulez venir, vous savez
que la maison est ouverte. C'était un dimanche
matin. Maman avait mis une voilette noire, elle
était déjà prête pour aller à la messe ; elle était
assise toute raide sur une chaise et regardait fixement devant elle, au-delà de tante Yvonne qui
était assise en face d'elle, au-delà du buffet du
salon qui était derrière tante Yvonne, et elle faisait oui avec la tête, lentement, avec calme et
résignation, d'un air tendre et compréhensif.

Les dimanches étaient devenus beaucoup plus
tristes, maintenant qu'il n'y avait plus les visites
de tante Yvonne. Au moins, quand elle venait, il
y avait un peu de mouvement, et de désordre
même, parce qu'elle arrivait à l'improviste et
que le téléphone n'arrêtait pas de sonner tant
qu'elle était dans la maison, et même après. En
plus elle se mettait un petit tablier de cuisine qui

faisait un drôle d'effet sur les vêtements très chics qu'elle portait — longues jupes de soie, chemisiers de mousseline, chapeau élégant avec un camélia en organdi — et accoutrée ainsi elle déclarait qu'elle allait préparer un bon petit plat français, une mousse Versailles par exemple, parce que chez nous la cuisine était d'une « affreuse banalité ». Ce qui arrivait ensuite, c'est que maman devait se rabattre sur l'« affreuse banalité », par exemple des escalopes au citron avec des petits pois au beurre, parce que, toujours pendue au téléphone, tante Yvonne risquait de finir sa mousse à quatre heures de l'après-midi, et que Néna et moi, impatients de manger, traînions dans la cuisine en chipant des gressins et des cubes de fromage. Mais, malgré tout, ce remue-ménage mettait un peu de gaieté dans la maison, même si ensuite maman se retrouvait avec six ou sept plats de pyrex à laver. Et, de toute façon, la mousse était prête pour le lendemain, et elle était vraiment délicieuse.

Pendant tout le mois de mai, et une partie du mois de juin, les journées passèrent assez vite. Maman était très occupée avec ses azalées qui étaient vraiment en retard cette année-là et semblaient hésiter à se montrer, comme si elles avaient souffert avec toute la famille, les fleurs sont tellement sensibles, disait maman en travaillant le terreau, elles comprennent très bien ce qui se passe, elles sentent les choses. Moi j'étais

très occupé avec la troisième déclinaison, surtout les parisyllabiques et les imparisyllabiques,
je n'arrivais jamais à me rappeler lesquels finissaient en *-um* et lesquels finissaient en *-ium*. Le
professeur avait dit ce petit a pris un mauvais
départ dès le début de l'année, il mélange toutes
les déclinaisons, et puis qu'est-ce que vous voulez, chère madame, le latin est une langue rigou-
reuse, c'est comme les mathématiques : on est
doué ou on ne l'est pas, lui il est meilleur en
rédaction, mais de toute façon il peut compenser en travaillant. Et c'est ainsi que j'avais passé
tout le mois de mai à essayer de compenser en
travaillant, mais de toute évidence je n'avais pas
suffisamment compensé.

Le mois de juin passa tant bien que mal. Finalement les azalées fleurirent, mais ne furent pas
aussi belles que l'année précédente. Maman fut
très occupée à leur construire une petite serre
avec des canisses, parce que gare au soleil, il les
faisait passer en un rien de temps, et elle installa
ses pots au fond du jardin, au pied du mur, où le
soleil ne donnait que le soir après cinq heures.
Le pauvre Tommaso se démenait comme un
fou, malgré ses mains qui tremblaient et sa
démarche qui n'était plus très assurée : il essayait
de se rendre utile comme il pouvait, coupait
l'herbe à la faucille, donnait un coup de peinture aux jarres des citronniers qui étaient sur la
terrasse, il essaya même de sulfater la tonnelle

de vigne vierge qui était devant la porte de la
remise et qui était pleine de parasites. Mais il
faisait plus de bêtises qu'autre chose, et il s'en
rendait compte ; aussi avait-il l'air terrorisé, sans
raison d'ailleurs, mais on n'arrivait pas à le lui
faire comprendre, et il passait la journée à répéter à maman de ne pas l'envoyer à l'hospice,
pour l'amour de monsieur l'officier qu'il avait
aimé comme un fils, parce qu'à l'hospice on
l'obligerait à rester au lit et on lui ferait faire
pipi dans le « pistolet », c'est ce que lui avait dit
un cousin à lui qu'il allait voir le dimanche ; mais
il préférait mourir : il ne s'était jamais marié, la
dernière fois que quelqu'un l'avait vu nu, c'était
sa mère, quand il avait quatorze ans, et l'idée
qu'une demoiselle pouvait lui faire faire pipi
dans l'urinal le paniquait. Alors maman avait les
larmes qui lui montaient aux yeux et elle lui
disait mais ne dis pas de bêtises, Tommaso, tu
mourras ici, tu es chez toi ici, alors Tommaso
voulait lui baiser les mains, mais maman s'y refusait et lui disait d'arrêter ces jérémiades, que, des
raisons d'être triste, elle en avait assez comme
ça, et qu'il ferait mieux d'aller arracher tout ce
chiendent qui poussait sous les troènes, parce
que ça faisait mourir les plantes.

Les journées les plus pénibles arrivèrent à la
fin du mois de juillet, quand il se mit à faire une
chaleur comme on n'en avait pas vu, disait-on,
depuis des années. La matinée était plus ou

moins supportable. Je mettais mes patins à roulettes et m'entraînais sur la petite allée de briques qui allait de la porte d'entrée au mur du jardin ; maman s'occupait du repas, et quelquefois elle allumait même la radio, ce qui était bon signe, mais seulement pour des programmes parlés, les informations par exemple, ou l'émission « Les auditeurs nous écrivent », et s'il y avait des chansons, elle changeait tout de suite de station. Mais les après-midi étaient lourds et monotones, chargés de mélancolie et de silence, même la rumeur lointaine de la ville s'atténuait, on aurait dit que la maison et le jardin étaient pris sous une cloche de verre embué dans laquelle les seuls survivants auraient été les cigales. Maman se mettait dans le fauteuil du salon avec un mouchoir humide sur les yeux et laissait aller sa tête contre le dossier ; moi j'étais au petit secrétaire à l'entrée de ma chambre d'où je pouvais la voir en tendant le cou, et j'essayais d'imprimer dans ma mémoire *nix-nivis* et *strix-strigis* pour voir si je pourrais me rattraper à l'examen de septembre. Quant à Néna, je l'entendais trafiquer dans son pied-à-terre en chantant *Banana Boat*, ou traîner les pieds sur l'allée de gravier lorsqu'elle emmenait en promenade jusqu'au grand portail son Belafonte, pauvre bête, auquel elle murmurait allons voir un peu de monde, mon petit amour, comme s'il y avait qui sait quoi devant la maison. Mais à cette heure-là, l'avenue était complètement déserte, et d'ailleurs elle n'était jamais tellement fréquentée. Au fond de la rue, au-delà de la place où se dressaient les premières maisons, on voyait la ville noyée dans une espèce de brume tremblotante, tandis qu'à gauche l'avenue se perdait dans une campagne jaune parsemée d'arbres et de fermes isolées. Vers cinq heures, mais pas tous les jours, passait le chariot du marchand de glaces, avec sa caisse en forme de gondole sur laquelle étaient peintes la basilique Saint-Marc et l'inscription SPÉCIALITÉS VÉNITIENNES. Le marchand était un petit homme qui pédalait à grand-peine, s'annonçait en soufflant dans une petite trompette en cuivre et criait à gorge déployée : « Deux cornets, zinquante francs ! » Et tout le reste du temps, c'était le silence et la solitude.

Voir le marchand de glaces, c'était mieux que rien, depuis que maman, après ce qui était arrivé, avait pris l'habitude de fermer le portail à clef pour que personne ne puisse entrer et que nous ne puissions pas sortir. Mon professeur avait dit qu'il serait souhaitable de me faire donner des leçons, mais maman avait répondu que cela lui paraissait un peu difficile, que nous menions une vie très retirée ; elle espérait qu'il comprendrait, et s'il n'y avait pas eu les fournisseurs elle aurait même fait couper le téléphone, elle ne le gardait que pour cette raison, et pour le cas où l'un de nous aurait été malade, d'ailleurs elle le laissait décroché toute la journée parce qu'elle ne supportait pas la sonnerie. Précaution sans doute inutile : qui aurait bien pu nous téléphoner, depuis que tante Yvonne était partie habiter à Lausanne ?

Néna avait pris plus mal que moi cette nouvelle habitude de maman de ne plus sortir, elle avait moins de chance que moi qui pouvais occuper mes après-midi avec les pluriels en *-ium*. Elle n'avait rien à faire, la pauvre, à l'école primaire, on ne passait pas d'examen de rattrapage en septembre. Alors, pendant un moment, elle essayait de faire passer le temps en jouant dans son pied-à-terre, ou en traînant jusqu'au portail son Belafonte qu'elle tenait en laisse, pour voir un peu de monde, mais au bout d'un moment elle en avait assez, elle n'avait même plus envie de chanter *Banana Boat*, et elle venait sur la pointe des pieds jusqu'à ma fenêtre et me disait je m'ennuie, viens un peu dans mon pied-à-terre, on va jouer aux visites : moi je serais la dame, et toi tu serais l'architecte qui lui fait la cour. Je la renvoyais en parlant doucement pour ne pas déranger maman, et quand elle insistait je lui disais *strix-strigis, strix-strigis,* en manière d'insulte, ce qu'elle comprenait fort bien : et elle s'en allait en me tirant la langue d'un air furieux.

Mais maman ne dormait pas et je le savais. Je m'étais aperçu qu'elle pleurait quelquefois en silence, la tête en arrière, je voyais deux larmes

qui glissaient le long de ses joues, sous le mouchoir qui lui couvrait les yeux ; et ses mains
posées sur ses genoux, apparemment immobiles,
étaient parcourues d'un imperceptible frémisse-
ment. Alors je fermais ma grammaire latine, pendant un moment je contemplais paresseusement
la Minerve couleur sépia de la couverture, et je
me glissais dans le jardin par la porte grillagée de
l'arrière-cuisine, du côté de la remise, pour ne
pas être entraîné par Néna dans ses jeux stupides
où il faudrait que je fasse l'architecte. De ce côté-
là l'herbe était assez haute, parce que Tommaso
n'avait pas pu la couper, et j'aimais me prome-
ner dedans, plongé dans la chaleur lourde de
l'après-midi, sentant les choux frisés qui me
caressaient les jambes, jusqu'au grillage de la
petite barrière qui donnait sur la campagne. Je
cherchais les lézards qui avaient fait leur nid
dans ces coins-là et qui prenaient le soleil sur les
pierres, immobiles, avec la tête relevée et leurs
petits yeux tournés vers le néant. J'aurais pu les
prendre avec un piège de paille qu'un copain
m'avait appris à faire, mais je préférais observer
ces petits corps incompréhensibles et sensibles
au moindre bruit qui semblaient absorbés en
une indéchiffrable prière. Souvent j'avais envie
de pleurer et je ne savais pas pourquoi. Les
larmes glissaient sur mes joues sans que je puisse
rien y faire, mais ce n'était pas à cause du latin,
j'en étais sûr : les parisyllabiques et les imparisyl-

labiques, je les savais maintenant par cœur, au fond maman avait raison, pour ce genre de choses il n'y avait pas besoin de sortir de la maison pour aller prendre des leçons, un peu de travail suffisait. Mais j'avais quand même envie de pleurer, et alors je m'asseyais sur la murette et je regardais les lézards en pensant aux étés précédents. Le souvenir qui me faisait le plus pleurer, c'était une scène : papa et moi sur un tandem, lui devant et moi derrière, maman et Néna sur un tandem qui nous suivaient en criant attendez-nous, au fond il y avait la masse sombre des pins de Forte dei Marmi, et devant nous le bleu de la mer, papa portait un short blanc et le premier arrivé sur la plage, aux Bains Balena, serait le premier à manger la glace à la myrtille. À ce moment-là je n'arrivais pas à retenir mes sanglots et il fallait que je me mette les mains devant la bouche pour que maman ne m'entende pas, ma voix étouffée devenait une plainte qui ressemblait à celle de Belafonte lorsqu'il refusait d'être traîné en laisse ; la salive qui se mêlait à mes larmes mouillait le mouchoir que j'enfonçais désespérément dans ma bouche, et alors je commençais à mordre mes mains, mais tout doucement, à petits coups de dents, comme c'est drôle, et à cet instant tout se brouillait et je sentais sur mon palais, de manière très vive, très nette, avec un parfum reconnaissable entre tous, le goût de la glace à la myrtille.

C'était grâce à ce goût que j'arrivais à me calmer : je me sentais tout à coup épuisé, je n'avais
plus aucune force pour pleurer, bouger ou penser. Autour de moi, dans l'herbe, les moucherons
bourdonnaient, les fourmis se promenaient,
j'avais l'impression d'être dans un puits, je sentais comme un poids énorme dans ma poitrine,
je n'arrivais même pas à déglutir et je restais là à
fixer, au-delà de la haie, la nappe de chaleur qui
embrumait l'horizon. Ensuite, lentement, je me
levais et retournais à la cuisine. Maman faisait
encore semblant de dormir dans son fauteuil, ou
peut-être s'était-elle endormie pour de bon. J'entendais Néna qui grondait son Belafonte, elle lui
disait mais petit idiot, est-il possible que tu
n'aimes pas ce beau nœud ? Pourquoi est-ce que
tu t'acharnes à le défaire, petit idiot, tu crois que
tous les chats ont la chance d'en avoir un comme
ça ? Je remontais la moustiquaire de la fenêtre
et je l'appelais à voix basse, pss, pss, Néna, viens
dans la maison, on va goûter, tu veux du pain
avec de la ricotta, ou tu préfères de la confiture ?
J'en ouvre un pot. Alors elle accourait toute
joyeuse, plantant là Belafonte qui cherchait
désespérément à enlever le ruban qu'il avait
autour du cou, toute contente que je me sois
enfin souvenu de son existence, espérant peut-
être encore me convaincre de faire l'architecte.

D'habitude, maman ne réapparaissait que vers
six heures. Elle se promenait dans la maison,

rangeait le peu de choses qu'il y avait à ranger, déplaçant par exemple un bibelot de quelques centimètres ou lissant des doigts un napperon de dentelle qui s'était froissé sous un vase. Puis elle venait à la cuisine, lavait la vaisselle qu'elle n'avait pas eu le courage de laver après le repas, et commençait à préparer le dîner, mais sans se presser, de toute façon il n'y avait rien d'autre à faire de toute la soirée, Tommaso ne rentrerait pas avant dix heures, on lui aurait donné la soupe à l'hospice où il passait maintenant toute la journée parce que son cousin allait mal et que ces demoiselles lui permettaient de rester autant qu'il voulait, et puis, s'il y a quelqu'un pour donner un coup de balai, ça les arrange bien, celles-là, avait dit maman d'un air méprisant.

C'était le moment le plus agréable de toute la journée : au moins on était avec maman, et on pouvait enfin parler un peu, même s'il ne s'agissait pas de vraies conversations, et puis il y avait toujours quelque petit plaisir. Par exemple on pouvait allumer la radio et, pourvu que l'on baisse le volume, maman ne changeait pas automatiquement de station s'il y avait des chansons, car Néna suppliait : allez, maman, je t'en prie, un petit peu de musique ! Et l'on ne pouvait pas résister à cette voix à la fois minaudière et triste. Mais moi, ce que je préférais, c'était un monsieur qui parlait du monde entier, qui citait les capitales qui étaient représentées sur mon livre de géographie. Comme j'aimais l'écouter ! Il disait aujourd'hui, à Paris, le général de Gaulle, pour des consultations sur l'affaire de Suez... alors je fermais les yeux, et je voyais la tour Eiffel de mon livre, élancée et tout ajourée, les Pyramides et le Sphynx avec son visage rongé par le temps et la poussière du désert.

Une fois au lit, je n'arrivais pas à m'endormir. Je restais les yeux ouverts à fixer la lueur que dessinait le cadre de la fenêtre en écoutant la respiration régulière de Néna qui dormait tranquillement. Avant d'aller se coucher, maman venait faire un petit tour d'inspection, parce que Belafonte se glissait souvent sous le lit de Néna, et qu'ensuite, au cours de la nuit, il venait dormir en boule à ses pieds, et maman disait que ce n'était pas hygiénique. Mais maintenant Belafonte s'en tirait, car il avait compris le système et ne sortait de dessous le lit que lorsque le silence régnait dans la maison. Je n'aimais pas tellement Belafonte, mais je ne disais rien parce qu'il était évident que Néna avait besoin d'un peu de compagnie. Ainsi, dans l'obscurité de la chambre, tandis que Néna dormait et que Belafonte ronronnait ou grattait le drap avec ses griffes, je restais à écouter le bruit des trains qui quittaient la ville en sifflant. Souvent j'imaginais que je partais. Je me voyais monter dans un de ces trains de nuit, au moment où le convoi ralentissait à cause de travaux sur la voie. J'avais un bagage très réduit, ma montre avec les aiguilles phosphorescentes et mon livre de géographie. Les couloirs étaient recouverts d'un tapis moelleux, les compartiments étaient garnis de velours rouge avec des appuie-tête de toile blanche, il régnait une odeur de tabac et de tapisserie, les rares voyageurs étaient endormis, les lumières étaient faibles et bleutées. Je m'installais dans un compartiment désert, j'ouvrais mon livre de géographie et je décidais que j'irais dans une de ces photos que je voyais : tantôt c'était *La Ville lumière vue du haut de Notre-Dame*, tantôt *Le Parthénon d'Athènes au soleil couchant* ; mais la photo qui m'attirait le plus était le port de Singapour fourmillant de vélos et de gens qui portaient des chapeaux pointus, sur un fond de maisons aux formes bizarres. J'étais réveillé par la chaleur moite d'une aube brumeuse, par le soleil levant qui dessinait sur le sol, à travers les lattes des persiennes, une échelle jaunâtre qui montait de travers sur les franges du couvre-lit de Néna.

Je n'avais aucune envie de me lever, je savais qu'allait recommencer une journée identique aux autres : l'huile de foie de morue, le pain beurré avec de la confiture, le café au lait, la matinée perdue à attendre le déjeuner, et pour finir, un après-midi interminable, mon latin, maman qui sommeillait dans le salon et Néna qui chantonnait *Banana Boat* dans son pied-à-terre en traînant Belafonte à sa suite. Tout cela jusqu'à cet après-midi où Néna traversa le jardin en courant, se mit sous la fenêtre du salon, appela maman, maman! et prononça cette phrase. C'était un samedi après-midi. Je me souviens du jour parce que c'était le samedi matin que venait l'épicier qui nous livrait les provisions, il arrêtait sa fourgonnette devant le grand portail et déchargeait ce que maman avait commandé par téléphone. Ce matin-là justement, il avait apporté, entre autres, des flans au caramel que Néna adorait; moi aussi j'aimais ça, mais j'essayais de me raisonner parce que, après, la carie que j'avais dans une molaire me faisait mal, et qu'il fallait attendre septembre pour aller chez le dentiste: en effet, tante Yvonne devait venir une semaine en septembre, et elle s'occuperait de ma dent, elle, parce que maman, la pauvre, pensez si elle avait envie de m'amener en ville pour le moment. Moi j'étais plongé dans *Jupiter-Jovis*, qui avait une déclinaison épouvantable, et encore, heureusement qu'il n'y avait pas de pluriel, ainsi, au début, je ne fis pas attention à la phrase; d'ailleurs Néna venait souvent me casser les pieds, ou déranger maman avec des phrases du genre: «Venez vite, Belafonte s'est blessé», ou alors: «Maman, quand je serai grande, dis, je pourrai me teindre les cheveux en bleu comme tante Yvonne?» et si on faisait attention à elle, c'était fini, elle se mettait à vous casser les oreilles et on ne pouvait plus l'arrêter, et le mieux, c'était de la décourager dès le début en faisant semblant de ne pas entendre. J'avais la tête entre les mains et je répétais désespérément l'ablatif : je pris la phrase de Néna pour une de ses habituelles idioties. Mais je sentis tout à coup une bouffée de chaleur qui me montait au front, je me mis à trembler, et je m'aperçus que mes mains tremblaient sur la Minerve de ma grammaire latine qui s'était refermée toute seule.

Je ne sais pas combien de temps je restai immobile, les mains inertes sur le livre, incapable de me lever. J'avais l'impression qu'une cloche de verre était descendue sur la maison et l'avait plongée dans le silence. De ma table, je pouvais voir maman qui s'était levée de son fauteuil et était appuyée au rebord de la fenêtre, extrêmement pâle ; son mouchoir avait glissé à terre, elle s'accrochait au rebord de la fenêtre comme si elle allait tomber, je la voyais remuer la bouche en s'adressant à Néna, mais par un étrange sortilège je n'entendais rien, ses lèvres qui bougeaient lentement me faisaient penser à la bouche d'un poisson en train d'agoniser. Puis je fis un mouvement brusque, la table, heurtée par mon genou, crissa sur le plancher, et ce fut comme si j'avais actionné un interrupteur : le bruit reprit autour de moi, j'entendis de nouveau le concert des cigales dans le jardin, le sifflement d'un train dans le lointain, le bourdonnement d'une abeille qui s'acharnait contre la moustiquaire, et la voix sans expression de maman qui disait rentre maintenant, ma chérie, il fait trop chaud, tu as besoin de faire la sieste, il ne faut pas rester là dans cette canicule, ce n'est pas bon pour les enfants.

Ce fut un étrange après-midi. Néna se résigna à s'allonger sur le divan sans faire d'histoires, chose qui ne lui était jamais arrivée, et lorsqu'elle se réveilla elle resta tranquillement à dessiner dans la cuisine. Ce jour-là, malgré mes efforts, il me fut impossible d'apprendre ma leçon de latin. J'essayais de me concentrer sur les adjectifs à trois terminaisons, et je les répétais avec obstination ; mais mon esprit était ailleurs, il courait, affolé, derrière cette phrase qu'avait prononcée Néna, que j'avais peut-être mal comprise, que j'avais très certainement mal comprise, et dont maman m'aurait dit que je l'avais mal comprise si seulement je le lui avais demandé. Mais le fait est que je n'avais aucune envie de le lui demander.

Le lundi arriva une lettre de tante Yvonne qui faillit nous faire pleurer. Elle ne viendrait pas nous voir en septembre, comme elle nous l'avait promis au moment de son départ. Rodolfo et elle allaient à Chamonix, ce n'est pas qu'elle aimait Chamonix, « vous savez, moi, la montagne, je ne supporte pas ça, ça me rend triste, mais ici tout le monde y va en été, tout le monde, façon de parler, disons plutôt les collègues de Rodolfo ; et ici, si on ne mène pas un minimum de vie sociale, c'est-à-dire si on n'entretient pas quelques relations, on vous regarde comme une bête curieuse. Déjà qu'ils ont un complexe de supériorité par rapport aux Italiens, si en plus, on leur dit qu'on n'aime pas les endroits chic, on est fichu, plus personne ne vous parle ! À tout prendre, on était presque mieux à Rome, à part les ennuis et le salaire, au moins il y avait du soleil, au lieu de cet affreux climat… ».

Ce fut peut-être à cause de cette lettre que commencèrent les silences de maman, peut-être aussi à cause des idioties qu'avait dites Néna, qui sait, mais plus probablement à cause de la lettre. Ce n'est pas qu'elle était triste, maman, ni même mélancolique. Disons plutôt qu'elle était absente, on voyait qu'elle avait l'esprit préoccupé par quelque chose. Si on lui disait excuse-moi, maman, je peux prendre le flan qui reste de midi ? ou quelque chose de ce genre, elle ne répondait pas, et au bout de quelques minutes elle disait comment ? tu m'as demandé quelque chose ? le regard rivé au loin, au-delà de la fenêtre de la cuisine, vers l'avenue qui se perdait dans la campagne, comme si quelqu'un allait arriver. Et si on répétait la même question je t'avais demandé le flan au caramel de midi, maman, cette fois-ci encore la réponse ne venait pas, elle se contentait d'un vague geste en l'air qui semblait signifier mais oui, fais ce que tu

veux, tu ne vois pas que je pense à autre chose ?
Et finalement, on n'avait même plus envie du
dessert, ça n'avait plus aucun intérêt de se
mettre à manger le flan au caramel, peut-être
valait-il mieux aller apprendre le latin pour s'occuper un peu l'esprit.

La quatrième déclinaison, je la retins parfaitement. Il est vrai qu'elle était loin de présenter les mêmes difficultés que la troisième, c'est
d'ailleurs ce que disait l'avertissement du premier paragraphe : « La quatrième déclinaison
ne présente aucune difficulté, à part quelques
exceptions qui doivent être apprises par cœur,
en se référant au paragraphe numéro quatre. »
Du coup je regrettai presque la troisième déclinaison, parce que cette semaine-là si j'avais eu
au moins quelque chose de vraiment difficile à
apprendre, cela m'aurait un peu distrait ; tandis
qu'avec cette idiotie de *domus-domus*, je ne faisais
que penser à la phrase de Néna, à tante Yvonne
qui ne viendrait pas, et aux silences de maman.
Sur mon cahier, j'écrivais de petites phrases
comme *silentium domus triste est*, qu'ensuite je
barrais en faisant un tas de petites croix bien
serrées comme un fil de fer barbelé ; c'était un
truc que m'avait appris mon voisin de table à
l'école, il appelait ça rature en barbelé, et ça me
plaisait beaucoup.

Après ce jour exceptionnel où elle avait fait la
sieste, Néna avait repris ses habitudes, et passait

de nouveau l'après-midi dans son pied-à-terre, mais elle ne chantait plus *Banana Boat*, elle s'était aperçue que les circonstances n'étaient pas spécialement propices. Et maintenant elle ne venait plus m'embêter sous la fenêtre ni me demander de jouer le rôle de l'architecte qui lui faisait la cour. Elle s'était résignée à rester toute seule dans le jardin, qui sait à quel point elle pouvait s'ennuyer, cette pauvre Néna ! De temps à autre, je lorgnais à travers la moustiquaire et je la voyais en train de peigner Belafonte avec un gros peigne rose qu'elle avait reçu de Lausanne en même temps que des bigoudis et un sèche-cheveux à pile qui soufflait vraiment de l'air chaud, le tout dans une petite boîte sur laquelle on voyait une poupée toute bouclée, avec l'inscription *La petite coiffeuse*[1]. Mais elle jouait avec une sorte de lassitude, comme à contrecœur, et sans doute avait-elle envie de me demander de faire l'architecte. Et moi aussi, de temps en temps, j'aurais aimé fermer ce livre idiot, aller la trouver pour lui dire j'ai décidé de faire l'architecte qui te fait la cour, allez, jouons, ne reste pas comme ça sans rien dire, pourquoi tu ne chantes pas un peu *Banana Boat*, c'est si gai ! Mais je restais le menton dans les mains à regarder au loin la campagne qui tremblotait dans l'air épais de l'été.

1. En français dans le texte. (*N.d.T.*)

Cela recommença le samedi suivant. Il était deux heures, maman se reposait dans son fauteuil avec les persiennes fermées, moi j'étais en train de faire un exercice intitulé *Domus Aurea* qui était plein d'adjectifs à trois terminaisons qu'il fallait accorder à des substantifs de la quatrième déclinaison, un vrai supplice. Néna devait être vers le grand portail, peut-être avait-elle emmené Belafonte faire un petit tour, je l'avais perdue de vue depuis quelques minutes. Je la vis arriver hors d'haleine, elle déboucha au coin de la maison, du côté de la véranda, regarda derrière elle, fit encore quelques mètres en courant rapidement, s'arrêta, puis se retourna encore une fois. Le crissement du gravier sous la semelle de ses sandales était le seul bruit dans le silence de l'après-midi. D'abord elle sembla ne pas très bien savoir quelle fenêtre choisir, puis elle laissa de côté la fenêtre de maman, peut-être parce que les persiennes étaient complètement fermées, et elle vint jusque sous ma fenêtre et m'appela, mais sans prononcer mon nom, en disant seulement écoute, écoute, je t'en prie, écoute ; elle avait un ton suppliant, mais pas du tout comme quand elle pleurnichait, c'était maintenant quelque chose de tout à fait différent, je ne l'avais jamais entendue avec cette voix-là, Néna, c'était comme si elle pleurait sans pleurer.

Je ne sais pas pourquoi je ne m'approchai pas de la fenêtre. Disons plutôt que je le savais par-

faitement parce que je le sentais intuitivement.
Je compris, tout en ressentant comme un vide et
un grand désarroi, ce qu'elle allait me dire, et je
savais que ce qu'elle allait me dire serait insupportable, que je ne pourrais pas l'écouter, que
j'allais peut-être commencer à crier, à lui taper
dessus sauvagement ou à lui tirer ces stupides
petites tresses dont elle était si fière, et qu'ensuite je me mettrais à pleurer sans retenue, sans
craindre que l'on m'entende, à sangloter tout
mon soûl. Je demeurai silencieux, retenant
ma respiration. Nous étions tout près l'un de
l'autre, à quelques centimètres, seule nous séparait la moustiquaire de la fenêtre. Mais Néna
n'arrivait pas à la hauteur de la fenêtre et ne
pouvait pas voir à l'intérieur. Je souhaitais de
toutes mes forces qu'elle me crût endormi, et
touchai le métal de l'encrier décoré d'un calendrier, comme je le faisais chaque fois que je
voulais que quelque chose arrive, par supersti-
tion, Néna resta un instant immobile, j'entendais sa respiration profonde, puis, au bruit de
ses pas sur le gravier, je compris qu'elle se dirigeait vers la porte de la véranda. Pieds nus,
attentif à ne pas faire le moindre bruit, j'allai à
la fenêtre et fermai les persiennes. Puis j'entre-
bâillai la porte donnant sur l'entrée, ne laissant
qu'un interstice, et m'étendis sur le lit. Installé
de cette manière, je pourrais tout entendre,
même si elles parlaient à voix basse. En regar-

dant par l'entrebâillement de la porte, j'aurais pu voir maman assise dans son fauteuil, mais je préférais ne pas courir le risque qu'elles me voient, il me suffisait de les entendre, même si je savais déjà tout.

Cette fois-ci maman pleura. Peut-être ne réussit-elle pas à se contenir, qui sait, peut-être était-elle particulièrement faible à ce moment-là, de toute façon cela ne se passa pas comme la première fois où elle avait réagi de manière presque indifférente. Elle attira Néna dans ses bras en lui disant mon petit trésor, puis elle l'éloigna et essuya ses larmes en poussant de petits sanglots étouffés, comme quelqu'un qui déglutit. Ensuite elle lui demanda si je savais, et Néna dit il dort, il vaut mieux, dit maman, laisse-le tranquille, il est tellement occupé avec son latin, le pauvre chéri, il travaille toute la journée. Et puis elle soupira en disant mais pourquoi me racontes-tu ces choses-là, Maddalena, tu ne comprends pas que ta maman est très malheureuse ? J'enfonçai mon visage dans le coussin pour qu'elles ne m'entendent pas, le babillage de Néna me parvenait amorti, mais de toute façon je savais déjà ce qu'elle racontait, elle était en train de dire parce que c'est comme ça, maman, je te le jure, il était en vélo, il avait sur la tête un mouchoir noué aux quatre coins, j'ai compris qu'il voulait quelque chose de la maison, je l'ai bien vu, et lui aussi il m'a vue, mais il est passé comme s'il ne

pouvait pas s'arrêter, je t'en prie, maman, crois-
moi.

Je ne sais pas comment passa cette semaine-là.
Vite, voilà, elle passa vite. J'aurais dû faire un
exercice de révision de toutes les exceptions,
mais je le laissai tomber. Sur ma feuille naissaient
des entrelacs, des griffonnages absurdes derrière
lesquels je me perdais, des ratures en forme de
barbelés sous lesquelles je cachais une phrase
qui revenait sans cesse, de manière obsédante :
samedi prochain, Néna lui portera un chapeau
et un petit mot de maman. Cette phrase, je
l'avais aussi traduite en latin, et elle me paraissait
encore plus bizarre dans cette langue, comme si
le caractère étranger de la langue soulignait l'absurdité de sa signification, et elle me faisait peur.
Mais à elles, je ne leur dis rien, et je ne leur fis
pas comprendre que j'avais compris. En apparence, mon comportement restait le même : le
matin j'arrosais les azalées de maman, le jardin
était agréable à cette heure-là, il était encore
plein de la fraîcheur de la nuit, les moineaux
sautillaient d'une branche à l'autre sur les lauriers roses et les cigales n'avaient pas encore
attaqué leur plainte, on voyait très nettement la
ville dans l'air pur, l'atmosphère avait quelque
chose de léger et d'heureux. Après le déjeuner,
j'aidais maman à desservir, comme d'habitude,
et quand j'avais fini, je disais je vais faire mes
devoirs, j'entrais dans ma chambre, je fermais la

porte, entrebâillais les volets, et m'étendais sur le lit à regarder le plafond sur lequel les lattes des persiennes dessinaient un arc-en-ciel en clair-obscur. Je n'avais pas envie de penser, mes yeux se fermaient mais je ne dormais pas, sous mes paupières défilaient les images les plus diverses, moi qui arrivais dans le port de Singapour par exemple, et comme c'était bizarre! Tout était exactement comme sur la photo de mon livre, sauf que dans cette photo, il y avait moi en plus. Et le samedi arriva tout de suite.

Ce matin-là je ne dis rien, je ne fis rien, et m'arrangeai pour me montrer le moins possible. Quand maman était à la cuisine, j'allais dans le salon; quand elle venait dans le salon, je m'en allais dans le jardin; quand Néna sortait pour jouer dans le jardin, moi je rentrais dans ma chambre. Mais elles ne faisaient tout cela que pour donner l'impression qu'elles se comportaient normalement, ce qui compliquait terriblement les choses, parce que cela m'obligeait justement à faire semblant de ne m'être aperçu de rien. Le plus mauvais moment de cette partie de cache-cache fut celui où j'entrai à l'improviste dans la cuisine, pensant qu'elles étaient toutes les deux dehors, et où je surpris maman en train de passer une lettre à Néna. Cette idiote devint toute rouge et cacha la lettre derrière son dos, mais la chose était tellement évidente que je ne pouvais pas faire semblant de ne pas l'avoir

remarquée, sinon elles se seraient vraiment dou-
tées de quelque chose ; alors je fus obligé de
recourir à un subterfuge plutôt grossier et je dis
d'un air indifférent ce n'est pas la peine que tu
caches la lettre de tante Yvonne, je sais qu'elle
t'écrit à toi, et pas à moi, tu as toujours été sa
préférée. Alors maman dit allez, ne vous dispu-
tez pas, la jalousie, entre frères et sœurs, c'est un
péché mortel, et je me sentis soulagé, mais
j'avais la chemise trempée de sueur.

Tout de suite après le repas, je dis que j'allais
faire une petite sieste, que je me sentais sans
énergie, ça devait être cette chaleur étouffante,
et mes déclarations furent écoutées d'un air très
compréhensif. De mon lit, je les entendis qui
faisaient du bruit dans la cuisine, mais elles faisaient semblant : en fait elles parlaient tout doucement, j'entendais un chuchotement indistinct,
de toute façon cela m'était indifférent, je ne voulais pas déchiffrer ce qu'elles disaient.

Néna sortit à deux heures moins le quart précisément, juste au moment où la pendule sonnait
un coup puis les trois coups rapprochés des
quarts d'heure. J'entendis le grincement de la
porte de l'arrière-cuisine, et le bruit de pas léger
qui s'éloignait sur le gravier vers le grand portail.
Et cela fit naître en moi une angoisse qui m'étrei-
gnait, parce que je m'aperçus à ce moment-là
que moi aussi j'attendais, et cela avait quelque
chose d'absurde et d'atroce en même temps,

comme un péché. La pendule sonna deux heures et je me mis à compter un deux trois quatre cinq six sept huit neuf dix. Je sentais bien que c'était la chose la plus idiote que je pouvais faire, mais je ne pouvais pas m'en empêcher, et tout en pensant que c'était idiot de compter, je continuais à compter pour scander les secondes, comme pour conjurer quelque chose, comme pour me protéger : me protéger contre quoi, je ne le savais pas, ou plutôt je n'avais pas le courage de me l'avouer. J'étais arrivé à cent vingt quand j'entendis le pas de Néna. Je le perçus alors qu'il était encore lointain, au bout de l'allée, elle évitait de marcher sur le gravier en s'en revenant, mais je l'entendis quand même et je me levai sur la pointe des pieds, trempé de sueur, et, à travers les lattes des persiennes, je la vis qui s'avançait lentement, les yeux baissés, avec sur le visage une expression de tristesse que je ne lui avais jamais vue, elle qui était toujours si gaie ; dans une main, elle avait un chapeau, dans l'autre une feuille de papier qu'elle froissait entre l'index et le pouce. Alors je retournai au lit et m'endormis.

Et ce fut comme si je me réveillais le samedi suivant. Car cette semaine-là passa très vite dans sa lenteur, capitonnée de silence, entrecoupée de coups d'œil que s'échangeaient Néna et maman, alors que j'essayais de mon côté d'être présent le moins possible, prétendant que les exercices de révision m'occupaient tout l'après-midi. En fait, ils ne m'occupaient pas du tout, et mon cahier était plein de ratures.

Le samedi suivant, le matin, maman fit des raviolis à la ricotta. Cela faisait très longtemps que nous n'avions pas mangé de raviolis à la ricotta, nous avions presque oublié ce que c'était, depuis des mois nous ne mangions que des plats d'une «affreuse banalité». Maman se leva très tôt; en me réveillant, vers six heures, je l'entendis qui bougeait doucement dans la cuisine, en train de travailler. Ce fut une matinée agréable. Quand nous nous levâmes, avec Néna, nous trouvâmes la table couverte de bandes de pâte toutes prêtes à être découpées avec le moule en forme de coquille pour être ensuite remplies de ricotta. Nous fûmes obligés de prendre le café au lait sur la petite table de la radio, et ensuite nous nous précipitâmes pour couper la pâte, enfin disons plutôt que c'était Néna qui découpait les petits carrés de pâte, moi je les remplissais avec une cuillère et ensuite je les passais à maman qui fermait les bords, en pliant et en appuyant légèrement, avec beaucoup de précautions, parce que si on appuyait trop fort, la farce débordait et le ravioli était perdu.

Aujourd'hui nous faisons un peu la fête, dit maman, c'est un jour particulier. Et alors, sans savoir exactement pourquoi, je sentis à nouveau cette bouffée de chaleur dans la poitrine que j'avais déjà sentie quand Néna avait dit la fameuse phrase, je me mis à suer, et je dis mais qu'est-ce qu'il fait chaud ce matin, et maman dit bien sûr, aujourd'hui c'est le 3 août, souvenez-vous de ce jour, aujourd'hui c'est le samedi 3 août ; et alors je dis si cela ne t'ennuie pas, maman, je vais un peu dans ma chambre, si par hasard vous avez besoin de moi, appelez-moi. Je ne sais pas pourquoi je ne sortis pas de la maison, il aurait peut-être mieux valu, la chaleur n'était pas encore tombée sur le jardin, j'aurais pu aller vérifier l'état de la tonnelle, enfin, faire quelque chose au moins. Mais je préférais la pénombre de ma chambre.

Maman fut gaie pendant le repas, trop gaie. Les raviolis étaient délicieux et Néna en voulut une deuxième assiette, mais maman semblait pressée de nous voir finir et regardait souvent la pendule. Nous finîmes de déjeuner à une heure et quart et maman se dépêcha de débarrasser la table en disant laissons la vaisselle pour plus tard, allons tous nous reposer maintenant, à vous aussi ça vous fera du bien, ce matin nous nous sommes tous levés trop tôt. Néna, contrairement à son habitude, ne fit pas d'histoires et s'en alla tout droit s'allonger sur le divan du séjour. Maman s'installa dans le salon dans son fauteuil habituel, un mouchoir sur les yeux, les persiennes fermées. Moi je me couchai tout habillé, sans défaire le lit, aux aguets. Dans le silence de la chambre, j'entendais mon cœur qui battait violemment, et il me semblait que l'on pouvait entendre ce bruit sourd depuis les autres pièces. Je m'assoupis peut-être, sans doute quelques minutes à peine, puis je sursautai en entendant la pendule qui sonnait deux heures moins le quart et restai immobile, l'oreille tendue. Je me mis debout au moment où j'entendis le craquement du fauteuil du salon, ce fut le seul bruit que j'entendis, maman faisait vraiment très attention. J'attendis quelques secondes derrière les persiennes, je m'aperçus que je tremblais, mais pas de froid évidemment, je fus obligé de serrer les dents pour les empêcher de claquer. Ensuite la porte de l'arrière-cuisine s'ouvrit lentement et maman sortit. Je ne la reconnus pas tout de suite, comme c'était bizarre : c'était la maman de la photo qui était sur la commode, où on la voyait au bras de papa, derrière eux il y avait la basilique Saint-Marc, et dessous on pouvait lire *Venise, 14 avril 1942.* Elle portait la même robe blanche à gros pois noirs, les mêmes chaussures avec un drôle de petit ruban lacé sur la cheville, et une voilette blanche qui lui couvrait le visage. Elle avait un camélia de soie bleue au revers de la veste, et portait au bras un sac à main en croco. Elle tenait à la main, très délicatement, comme s'il s'agissait d'un objet précieux, un chapeau d'homme que je reconnus. Elle marcha avec légèreté jusqu'au début de l'allée, entre les caisses de citronniers, d'une démarche gracieuse que je ne lui avais jamais vue : vue de dos, comme cela, elle paraissait beaucoup plus jeune, et pour la première fois je me rendis compte que Néna marchait exactement comme elle, avec un léger balancement et la même position des épaules. Elle disparut à l'angle de la maison et j'entendis le bruit de ses pas sur le gravier. Mon cœur battait plus fort que jamais, j'étais tout trempé de sueur, je me dis qu'il fallait que je prenne mon peignoir de bain, mais à ce moment-là la pendule sonna deux heures et je ne pus pas détacher mes mains du rebord de la fenêtre. Je fis pivoter légèrement deux lattes de la persienne pour mieux y voir, il me sembla qu'il s'écoulait un temps interminable. Mais combien de temps va-t-elle rester, me disais-je, mais pourquoi est-ce qu'elle ne revient pas. À cet instant, maman déboucha au coin de la maison, elle avançait tête haute, regardant fixement devant elle de ce regard distrait et lointain qui la faisait ressembler à tante Yvonne, et un sourire flottait sur ses lèvres. Elle avait passé son sac en bandoulière, ce qui lui donnait l'air encore plus jeune. À un certain moment elle s'arrêta, ouvrit son sac à main, en sortit le petit poudrier avec un miroir à l'intérieur, appuya sur le fermoir, et le poudrier s'ouvrit. Elle prit la houppette, l'imprégna de poudre, et se poudra légèrement les pommettes en se regardant dans le miroir. Il me vint

alors une envie terrible de l'appeler, de lui dire
je suis là maman, mais je fus incapable de prononcer un mot. Je sentais seulement un goût
très fort de myrtille me remplir la bouche, les
narines, et envahir la pièce, l'air, et le monde
alentour.

Dolorès Ibárruri verse
des larmes amères

C'était un enfant joyeux, vraiment joyeux, il riait tout le temps, il était si joyeux ! et il avait aussi de l'humour. Par exemple ma sœur Elsa avait la manie de raconter des blagues, elle en savait des dizaines, et lui, quand il la voyait arriver, il courait à sa rencontre en criant : « Tante Elsa, une blague ! Tante Elsa, une blague ! » Et il riait, et il s'amusait, comme un adulte. Cette gaieté, peut-être qu'il la tenait justement d'Elsa, elle qui était pleine de vitalité, trop même, peut-être parce qu'elle n'était pas heureuse, en tout cas elle au moins elle a bien profité de sa vie, enfin, à sa façon. Et il était affectueux aussi. Et il l'est resté quand il a été plus grand. Joyeux, non, peut-être plus, mais très affectueux. Pas une fois il n'a oublié mon anniversaire, même quand il était loin, il m'envoyait toujours quelque chose, une rose par Interflora, un télégramme… Vous voulez voir ses télégrammes ? Je les ai dans cette boîte de chocolat Droste, regardez, de 1970 à maintenant, il y a huit télégrammes, celui-ci par exemple est d'il y a quatre ans, écoutez, il dit : *Pense à toi avec affection pour la vie que tu lui as donnée*, oui, il est signé Piticche, c'est comme ça que nous l'appelions, ça n'a jamais paru sur les journaux, personne ne le sait, c'était quelque chose qui ne sortait pas de la famille, pour nous c'était une marque d'affection, je vous serais reconnaissante si vous n'en parliez pas, vous non plus, parce que après on verrait ça sur les journaux derrière son vrai prénom : dit « Piticche », c'est atroce, vous ne trouvez pas ? Comment les gens pourraient-ils comprendre que c'est un surnom affectueux ? Vous non plus vous ne comprenez pas ? Je peux peut-être vous expliquer l'origine du nom, sa signification, mais ce qu'il représente pour nous, ça, personne ne peut le comprendre, dans les noms il y a les moments que l'on a passés ensemble, les personnes qui sont mortes pendant ce temps, les choses que l'on a faites ensemble, des lieux, d'autres noms, notre vie. Piticche veut dire petiot. Il était vraiment tout petiot, quand il était enfant. Il était blond, regardez cette photo, il a quatre ans, non pas celle-là, là il a huit ans, celle-ci où il est accroupi à côté de Pinocchio, vous ne voyez pas que Pinocchio est plus grand que lui ?

Chez nous il y avait un citronnier, il avait poussé en espalier contre le mur, en plein sud, les branches arrivaient jusqu'à la fenêtre du premier étage. Il a passé son enfance à jouer avec un Pinocchio, celui de la photo. «À la sauvette, à l'oubliette, Pinocchio en bicyclette... », j'entends encore sa voix qui reprend la ritournelle, en bas dans la cour. À cette époque-là Rodolfo était déjà malade, je passais beaucoup de temps dans la chambre à le soigner, par la fenêtre j'entendais sa petite voix, il était tout le temps en train de trafiquer avec son Pinocchio, c'était sa seule compagnie. D'habitude, il le faisait mourir en le pendant au citronnier, comme le font dans le livre le chat et le renard déguisés en brigands, et ensuite il lui faisait une petite tombe avec une croix en jonc, mais bien sûr, Pinocchio, il le cachait ailleurs. À ce moment-là arrivait la fée aux cheveux bleus qui allait pleurer sur la tombe de son pauvre Pinocchio, c'est-à-dire sur la plate-bande du citronnier, la fée, c'était moi, lui, il m'observait d'un air malicieux, parce que tout était déjà combiné entre nous, alors je m'age-nouillais devant le citronnier et je disais en pleu-rant: «Pinocchio, mon pauvre petit Pinocchio, je ne te verrai jamais plus, ih! ih! ih!» Alors j'entendais une petite voix (parce que, dans le jeu, la voix était censée venir de sous la terre) qui disait: «Petite sœur, ma jolie petite sœur, ne pleure pas comme ça, si tu l'aimes, ton Pinoc-chio est vivant!» Je regardais autour de moi d'un air étonné, cherchant d'où venait cette voix, et je le voyais debout, avec les jambes toutes raides comme une marionnette, qui me tendait les bras en les bougeant à la manière d'un pantin. Alors je courais l'embrasser et je le serrais sur mon cœur. Et pendant tout ce temps il riait comme un fou, il sautillait, les mains derrière le dos, et dansait une espèce de petit ballet en chantant : « À la sauvette, à l'oubliette, Pinocchio en bicyclette. » Et le jeu était fini.

C'est Mme Yvette qui lui avait donné ce nom : Piti, mais c'était lui-même qui s'appelait Piticche en se désignant du doigt. C'était en 49. C'est Elsa qui avait amené Mme Yvette et M. Gustave, elle les avait trouvés à la gare de Livourne quelques années auparavant, ils ne savaient pas où aller, ils avaient emporté avec eux quatre casseroles et un chat siamois qui mourut un mois plus tard, ils s'appelaient Mayer, il était apiculteur dans les Ardennes, ils s'enfuyaient vers le sud sans but précis, pour s'enfuir, sinon ils auraient été déportés. Elsa leur dit qu'ils pouvaient venir chez nous, il y avait toujours moyen de faire une soupe, ils dirent qu'ils partiraient quand le front se serait éloigné, et finalement ils sont restés quatre ans. C'étaient des gens d'une délicatesse incroyable, nous sommes devenus plus qu'amis, presque des parents, Mme Yvette est morte l'an dernier, leur fils est dentiste à Marseille, elle était tombée enceinte en rentrant en France. Je m'écarte du sujet ? Je sais que je m'écarte du sujet, mais laissez-moi faire, après j'y reviendrai.

C'est sûr que nous l'avons aimé, vous avez des enfants? Vous les aimez, vos enfants? Je sais, il y a façon et façon. Écoutez, nous sommes restés dix ans sans avoir d'enfant, nous avons tout essayé, j'avais un fibrome, il ne me gênait pas tellement, mais si je voulais un enfant il fallait que je me fasse opérer, c'était en 39, il n'y avait pas de pénicilline à cette époque-là, j'ai fait une septicémie, pour me sauver on me faisait des piqûres de pétrole dans une cuisse, comme ça l'infection se localise, un abcès se forme, et le chirurgien l'enlève, j'ai les jambes pleines de cicatrices. Il est né en 46, ce n'était pas une belle époque pour naître, il y a des quantités d'enfants qui sont nés en 46, les soldats rentraient chez eux, enfin, ceux qui n'étaient pas morts. Non, Rodolfo n'a pas attrapé sa maladie à la guerre, il est revenu en bonne santé, un peu plus maigre seulement, il est tombé malade une première fois en 51, qui sait pourquoi, si on savait pourquoi on tombe malade, on ne tomberait pas malade, mais ça a duré longtemps, jusqu'en 61, dix ans, un peu plus, même, il est mort au mois de décembre. Excusez-moi si je pleure, je ne voulais pas pleurer, mais mes larmes coulent toutes seules. Ça me fait du bien de pleurer? oui, vous avez raison, ça me fait du bien. Le film que j'ai le plus aimé s'appelle *Vacances romaines*, je n'en ai pas vu beaucoup mais celui-là, je m'en souviens comme si c'était

hier, c'était avec Gregory Peck, j'aimais beaucoup Gregory Peck, l'actrice je ne m'en souviens
pas, elle avait beaucoup d'allure. Je sais que cela
ne vous intéresse pas, mais il y a un rapport avec
le reste, c'était juste pour vous dire que Rodolfo
avait promis que nous irions à Rome tous les
trois, il paraissait aller mieux, ça faisait des
années qu'il semblait guéri, nous avions fait
beaucoup de projets, Rodolfo avait même acheté
une carte pour étudier l'itinéraire touristique
que l'on peut faire en deux jours, je ne vais pas
vous le redire, mais je pourrais le faire, je m'en
souviens parfaitement. Et puis, brusquement,
Rodolfo a eu besoin de faire une dialyse, on
n'avait plus d'argent pour aller à Rome, alors on
est allés voir *Vacances romaines*, on avait emmené
le petit avec nous, même si c'était un film peut-
être un peu ennuyeux pour un enfant de onze
ans. En tout cas, on voyait beaucoup de monuments de Rome, il y a une scène très amusante
quand ils vont tous les deux visiter certains
monuments, et que lui, à un certain moment,
passe la main dans la bouche d'un gros masque
de pierre qui est sous le porche d'une église ; la
légende dit que la bouche mord celui qui est en
train de mentir, alors lui, il se tourne vers elle,
ah, oui, voilà, c'était Audrey Hepburn, et il me
semble qu'il lui dit « je t'aime », et qu'à ce
moment-là il pousse un petit cri et retire son
bras où il n'y a plus de main parce qu'il l'a

cachée dans la manche de sa veste, alors ils rient tous les deux, et ils s'embrassent.

Nous avons toujours été proches de lui, il n'a jamais manqué d'affection, si c'est ce que vous pensez. Nous avons été une famille unie, et il ne nous a jamais causé de soucis, avec Rodolfo qui était dans cet état ; au contraire il nous a donné des satisfactions, il était tellement intelligent, et très doué à l'école, ça a toujours été un élève exceptionnel, il avait des diplômes, des médailles, des prix. Moi, je ne voulais pas l'envoyer au lycée, je trouvais que c'était trop haut pour notre milieu, et puis qu'est-ce qu'on peut faire avec le bac ? Tandis qu'avec un diplôme de comptable ou de géomètre, on trouve toujours une place, mais c'est son professeur qui m'en a empêchée, il disait que c'était un crime, exactement comme ça, qu'un garçon d'une intelligence exception- nelle qui avait 18 en latin et en italien, le mettre dans un collège technique, c'était un crime. D'ailleurs je n'ai jamais rien dépensé pour ses études, même après, il s'est toujours débrouillé tout seul, grâce à son intelligence exception- nelle : c'est un jeune poète, m'avait dit son pro- fesseur. Ça, il le tenait de Rodolfo. Ses idées politiques aussi, dites-vous ? Mais voyons, ne dites donc pas de bêtises. Quand Rodolfo est mort, il n'avait pas encore quinze ans, quelles idées peuvent-ils avoir dans la tête, à cet âge-là ? C'est vrai que Rodolfo avait ses idées, en politique, il ne s'en cachait pas, et j'en suis fière, oui, il avait fait la Résistance, bien sûr, et aussi la guerre d'Espagne avec les Brigades internationales, il avait participé à la bataille de l'Èbre, il connaissait les personnages célèbres de cette époque-là, Longo, El Campesino, la Pasionaria, ça oui, il le racontait souvent, vous savez, c'étaient ses meilleurs souvenirs, surtout dans ses dernières années. Quand il parlait de la Pasionaria, il l'appelait Dolorès, ou Ibárruri, comme s'il la connaissait très bien, je le revois sur le divan, il passait ses après-midi sur le divan avec un plaid sur les genoux, il était très maigre, il avait les joues creuses, ce n'était plus que l'ombre de mon pauvre Rodolfo… et lui, il l'écoutait, il ne le quittait pas des yeux, il aimait tellement les histoires de son père, et puis ils chantaient ensemble des chansons espagnoles que Rodolfo connaissait, Piticche les avait apprises lui aussi, *Gandesa* par exemple, *« Si me quieres escribir ya sabes mi paradero, en el frente de Gandesa primera linea di fuego… »* Non, il n'était pas communiste, il était socialiste libertaire, il racontait même qu'il avait été ami avec la Pasionaria, qu'ils avaient combattu côte à côte, que c'était une femme extraordinaire, et puis un jour ils avaient eu une dispute terrible, elle lui avait dit des choses affreuses, et lui il avait répondu qu'un jour elle pleurerait amèrement sur les erreurs qu'elle avait commises. Il en parlait avec beaucoup de peine, il disait qu'elle s'était vendue aux

Russes, qu'elle avait commis des atrocités à l'égard de ses compagnons de lutte, c'était un rêveur, mon Rodolfo, et il a transmis ça à notre fils. Et puis il aimait la culture, les livres, il en avait lu des quantités dans sa vie, il avait pour eux une sorte d'adoration, il disait que dans chaque livre il y a un homme, et que brûler un livre, c'est comme brûler une personne, c'est lui qui lui a donné le goût de lire… et d'écrire aussi. Ils s'écrivaient des lettres, ils faisaient un jeu, c'était un jeu très beau, enfin, ce que je veux dire, c'est que je crois que c'était quelque chose de très poétique, ils lisaient des livres et ensuite ils s'écrivaient des lettres en faisant comme si chacun d'eux était un personnage des livres qu'ils avaient lus, des personnages de fantaisie, ou bien des personnages historiques. C'était la dernière année avant la mort de Rodolfo, ils se sont écrits des dizaines de lettres, celui qui recevait une lettre la lisait le soir à table, pour moi ce furent des moments merveilleux, excusez-moi si je pleure, Rodolfo reçut de nombreuses lettres de Livingstone — Piticche aimait beaucoup être Livingstone — ou bien d'Huckleberry Finn, de Kim, de Gavroche ou de Pasteur, il écrivait avec beaucoup de maturité pour son âge, je dois les avoir quelque part, ces lettres, un jour ou l'autre, il faudra que je les cherche, et pourtant il n'avait que quinze ans, c'était un enfant. Rodolfo est mort en décembre 61, je vous l'ai déjà dit, je sais, il a été très agité durant ses derniers jours, mais pas à cause de la maladie, ce qui l'angoissait, c'était ce qui se passait dans le monde, c'est-à-dire surtout en Russie. Je ne saurais pas très bien vous expliquer, je crois que Khrouchtchev avait révélé les atrocités commises par ses prédécesseurs, et lui il s'agitait, il ne dormait plus, les somnifères ne lui faisaient même plus d'effet, et puis un jour il a reçu une lettre, à la mention expéditeur, il y avait : La Pasionaria, Moscou. Et dedans, il y avait écrit : Dolorès Ibárruri verse des larmes amères.

Voilà, c'est comme ça qu'il était, mon fils. Qu'est-ce qu'ils lui ont fait ? J'ai vu la photo sur les journaux, ils l'ont massacré, et moi, je n'ai même pas pu le voir, ils ont écrit qu'il avait fait des choses... je n'ai pas le courage de le dire... des choses atroces. Atroces, c'est ce qu'ils ont dit ? De toute façon, vous avez entendu une autre histoire, l'histoire d'une personne que vous ne connaissez pas, et moi je vous ai parlé de mon Piticche, et je vous serais reconnaissante si vous ne mentionniez pas ce nom sur votre journal, excusez-moi si je pleure, je ne voulais pas pleurer, mais mes larmes coulent toutes seules, ça me fait du bien de pleurer ? Oui, vous avez raison, ça me fait du bien.

Petit Gatsby

Il convient peut-être de rappeler que Tom Barban, Nicole, Dick, Rosemary Hoyt, Abe North, Brady et le couple Mc Kisco sont des personnages de *Tendre est la nuit*, et Daisy un personnage de *Gatsby le Magnifique*. En outre, d'après les biographies, lorsque sa fille, Scottie, naquit, Zelda Fitzgerald prononça ces paroles : « Quand elle sera grande, j'espère qu'elle sera sotte, vraiment une jolie petite sotte. »

A. TABUCCHI.

Les soirées étaient lentes, prolongées, ensanglantées de magnifiques couchers de soleil. Puis venaient des nuits chaudes et langoureuses, ponctuées par le hoquet vert du phare, de l'autre côté du golfe. Tu aimerais que mon récit commence comme ça, n'est-ce pas ? Tu as toujours eu un certain goût pour les clichés. Sous ton raffinement discret et contenu — ton charme — tu as toujours dissimulé une pointe de mauvais goût qui faisait partie intime de ta personnalité. Et pourtant, comme tu détestais le « mauvais goût » ! Il te faisait horreur. Et le banal, le quotidien : c'étaient des choses monstrueuses. Eh bien, je pourrais commencer mon récit comme ça. Bien sûr que j'aimais la villa. Les soirées étaient lentes, prolongées, ensanglantées de magnifiques couchers de soleil. Puis venaient des nuits chaudes et langoureuses, ponctuées par le hoquet vert du phare, de l'autre côté du golfe. Je restais à la fenêtre. J'ai toujours très peu dormi, tu ne t'en es jamais aperçue. Je me levais et je me mettais à la fenêtre, derrière les rideaux. Vers deux heures se levait parfois une brise légère qui blanchissait la surface de l'eau. Elle effleurait les tuiles surchauffées du porche et m'arrivait au visage presque tiède, réconfortante. Il y avait toujours quelques bateaux qui glissaient dans le cadre de la fenêtre, des cargos le plus souvent, je crois, guidés par l'appel du phare. Au fond, sur la gauche, le port fourmillait de lumières. J'avais l'impression d'attendre. D'attendre quoi ? Est-ce que j'attendais quelque chose ? Les minutes passaient lentement, la brise gonflait les rideaux. Il y avait une sorte d'énervement qui me courait dans les veines. J'arrivais à peine à le contenir, appuyé au rebord de la fenêtre, face à la mer. La côte était une promesse, avec ses lumières qui brillaient, on aurait dit une fête. Je me répétais que mon roman était en moi, qu'un jour j'allais l'écrire. Je m'assiérais à mon bureau comme en rêve, sans regarder la feuille blanche qui serait devant moi, et le récit jaillirait comme une source : et alors j'écrirais comme par magie, les mots s'aligneraient par enchantement sur la page, attirés par un aimant qui s'appelle l'inspiration. Tu n'aurais jamais cru que je puisse avoir de pareilles idées, appuyé au rebord de la fenêtre ? Mais non, bien sûr, je n'ai jamais eu de telles idées, ça ne m'a jamais traversé l'esprit, je savais que je n'écrirais plus une ligne.

Il y avait autre chose de bien plus urgent. Je murmurais le début d'un roman, *Oui, bien sûr, s'il fait beau demain, dit Mme Ramsay. Mais il faudra te lever à l'aurore,* le vent agitait les rideaux, tu dormais, le phare clignotait, la nuit était paisible, presque tropicale ; mais j'allais bientôt arriver à mon phare, je le sentais, il était tout proche, il me suffisait d'attendre qu'il m'envoie un signal lumineux dans la nuit et je comprendrais, je ne laisserais pas passer cette occasion (*mon unique* occasion), je ne passerais pas ma vieillesse à regretter une promenade manquée au phare. Et pendant ce temps, j'étais déjà en train de vieillir, je m'en rendais compte. Pourtant j'étais encore jeune, j'étais un « bel homme », je m'en apercevais aux longs regards appréciateurs de tes amies quand je descendais sur la terrasse ; mais l'âge que je sentais en moi n'était pas celui de ma

date de naissance, c'était une sorte d'étouffe-
ment, quelque chose comme un rideau plaqué
sur mon visage. Je regardais mes mains appuyées
au rebord de la fenêtre : elles étaient longues,
fortes, agiles. Et elles étaient vieilles. Toi non. La
vieillesse que tu redoutais était différente. Tu
cherchais à la retarder avec des crèmes et des
lotions, tu craignais d'avoir ces taches brunes
qui apparaissent sur le dos des mains ; ton pire
ennemi était le soleil de midi, et quand tu sou-
riais deux petites rides menaçantes marquaient
les coins de ta bouche. Tu regardais avec envie
tes invités qui se doraient au soleil, qui plon-
geaient dans la piscine, qui descendaient sur la
plage sans se soucier de l'air marin. Quelle
idiote, tu souffrais pour rien. Tu étais *vraiment*
jeune, la vieillesse ce n'est pas cela, tu allais le
comprendre plus tard, tu le comprends maintenant ; tu avais un corps splendide, je regardais tes
jambes, la seule partie de ton corps que tu osais
exposer au soleil, des jambes longues et lisses.
C'était l'heure de midi, au bord de la Méditerranée. Gino allait de l'un à l'autre sous la véranda,
servant du calvados, du bacardi et du mazagran.
Quelqu'un se levait paresseusement : « Nous des-
cendons sur la plage, Martine, nous t'attendons
en bas... » Tu entrouvrais les paupières, un sourire imperceptible dessinait les coins de ta
bouche, j'étais le seul à m'en apercevoir parce
que je connaissais ces deux petites rides ; tu ne

bougeais pas, tu restais sur la chaise longue plongée dans une flaque d'ombre, seules tes jambes brillaient au soleil, la brise agitait la frange du parasol.

Bien sûr que j'aimais la villa. J'aimais les deux mansardes avec leurs couronnes de carreaux de faïence encastrés dans les tuiles du toit, les arcades où pendait une cloche comme dans un couvent, les persiennes blanches repeintes tous les étés. Le matin de bonne heure, alors que tu dormais encore, le petit parc planté de palmiers était le domaine des mouettes qui venaient y passer la nuit et laissaient les trames de leurs allées et venues sur le sable. Les après-midi étaient lourds, méditerranéens, remplis d'odeurs de pin et de myrte, je restais sur le fauteuil en rotin, près du petit escalier de granit envahi de plantes grimpantes, à attendre que Scottie se réveille. Vers quatre heures elle arrivait pieds nus, avec les traces du coussin encore imprimées sur son visage rouge, et une poupée qu'elle traînait par la jambe.

— Tu préfères qu'on t'appelle Scottie, ou bien Barbara ?

— Scottie.

— Mais Scottie, ce n'est pas ton vrai prénom.

— C'est Mlle Bishop qui m'a donné ce prénom, elle dit que c'est toi qui l'as inventé.

— Ce n'est pas moi qui l'ai inventé.

— Enfin, un de tes amis, un qui est écrivain, et moi, quand je serai grande, je serai idiote.

— Ça aussi, c'est Mlle Bishop qui te l'a dit ?

— Oui, parce qu'elle dit qu'on ne peut pas échapper au destin des petites vamps.

— Des quoi ?

— Des petites filles, je veux dire, mais Mlle Bishop les appelle les petites vamps, parce que c'est comme ça que disait une dame qui s'appelait Zelda.

Le soir nous parlions de Fitzgerald en écoutant Tony Bennett qui chantait *Tender Is the Night*. À vrai dire, personne n'avait aimé le film, pas même M. Deluxe, qui pourtant n'était pas très difficile. Mais Tony Bennett avait une voix « poignante comme le roman », sa chanson faisait naître tout un climat, et Gino devait remettre le disque je ne sais combien de fois. Inévitablement on me demandait le début du roman, tout le monde trouvait *délicieux* que je sache par cœur les débuts des romans de Fitzgerald : seulement les débuts, c'était une de mes passions. M. Deluxe, grave comme à l'accoutumée, invitait tout le monde à faire silence, moi j'essayais de me dérober, mais il était impossible de refuser, on entendait le disque qui passait en sourdine, Gino avait déjà servi les bacardis, je te regardais droit dans les yeux, tu savais que ce début t'était dédié, c'était presque comme si je l'avais écrit moi-même, tu allumais une cigarette et l'enfonçais dans le fume-cigarette, ça aussi, ça faisait partie de la mise en scène, tu jouais à la *flapper*, mais tu n'avais rien de la *flapper*, ni les cheveux à la garçonne, ni les bas de rayonne, encore moins l'état d'esprit : tu appartenais à une autre catégorie, tu aurais peut-être pu figurer dans un roman de Drieu, ou de Pérez Galdós, tu avais un sentiment tragique de l'existence, peut-être était-ce ton égoïsme insurmontable, une sorte de fatalité. Alors je commençais, au milieu de l'impatience qui se faisait déjà sentir, Gino évitait de servir pour ne pas déranger, on n'entendait que la voix de Tony Bennett et le clapotis de la Méditerranée : *C'est, à mi-chemin de Marseille et de la frontière italienne, un grand hôtel au crépi rose, qui se dresse orgueilleusement sur les bords charmants de la Riviera. Une rangée de palmiers éventent avec déférence sa façade congestionnée, tandis qu'une plage aveuglante s'étend à ses pieds. Un petit clan de gens élégants et célèbres l'ont choisi récemment pour y passer l'été, mais il se trouvait pratiquement vide, il y a dix ans, quand sa clientèle d'Anglais remontait vers le nord, en avril...* [1]

Immanquablement Mlle Bishop allait changer le disque. Arrivait alors la musique douceâtre des chansons de Cole Porter, Mlle Bishop en était folle, elle était persuadée que Cole Porter allait très bien avec Fitzgerald ; ou bien elle mettait Nat King Cole qui chantait *Quizás, quizás, quizás*. D'ail-

---

1. *Tendre est la nuit*, trad. de J. Tournier, Belfond, 1985. (*N.d.T.*)

leurs j'aimais moi aussi la chanson de King Cole, j'avais l'impression qu'elle me concernait, elle faisait naître en moi une légère mélancolie, *Siempre que te pregunto, que cómo dónde y quándo…*, j'essayais de continuer, vous regardiez tous derrière moi la mer et les lumières de la côte, *au petit jour, l'image de Cannes à l'horizon, l'ocre rose de ses vieux remparts, la dent mauve des Alpes qui ferme l'Italie se réfléchissent dans la mer, et le clapotis insensible des algues, qui en tapissent les fonds, agite ces reflets de petits cercles paresseux…*[1] mais quelque chose m'embarrassait, ma voix n'était pas assurée, je m'en rendais compte. Pourquoi avais-je des difficultés à continuer ? À cause du soir, peut-être ? À cause des lumières de la côte ? À cause de Nat King Cole ? Je te fixais dans la pénombre, *y así passando el día, y yo, desesperado…*, tu aurais pu me faire au moins un geste de connivence, mais non, tu me regardais tranquillement comme les autres, comme si tu ne savais pas que *tout cela* me concernait, je suis tout juste bon pour la nuit, n'est-ce pas Martine ? te disais-je des yeux, pour quelques brefs instants de la nuit, et puis tu t'endors, et tu dors, tu dors, tu dors, le vent gonfle les rideaux, là-bas en bas il y a les lumières de la côte…, mais le jour, qu'est-ce qu'il est pour toi ton Perri, à la lumière du jour ? C'est un héros de jeu pour enfants, une image de récit illustré.

Assez. Je n'avais plus envie de réciter, d'ailleurs

1. Cf. page précédente.

les autres n'avaient plus envie de m'écouter, le jeu était ouvert, ce début de roman avait suffi pour le lancer, maintenant Mlle Bishop avait l'impression d'être Rosemary Hoyt appliquée à danser un slow *très* sentimental, bien sûr elle n'avait plus dix-huit ans et dans l'eau elle n'était pas capable de nager « ce petit crowl peu orthodoxe » de Rosemary, mais qu'est-ce que cela faisait ? De toute façon tout était mélangé : Rosemary Hoyt dansait avec Tom Barban, qui aurait dû danser avec toi, mais ça, ça se passerait le lendemain peut-être, pour ce soir les rôles étaient distribués, et M. Deluxe convenait parfaitement pour le rôle de l'ex-avia-teur, l'aventurier insatisfait, il n'était pas mal, d'ailleurs, peut-être un peu trop distingué pour un légionnaire, trop bien nourri. Quant aux deux autres, il ne fallait pas beaucoup d'imagina-tion pour leur trouver un rôle. Ils étaient telle-ment anodins, et par conséquent tellement faciles à déplacer ou remplacer, le beau Brady et sa petite blonde. Et en ce qui te concerne, oui, tu étais une Nicole parfaite, tu jouais le rôle à la perfection, tu ressemblais à Lauren Bacall, c'était ton Tom Barban qui te le disait, je l'ai entendu te le murmurer. Quelle tristesse. Et ses pauvres efforts pour cacher sous un pan de sa veste l'érec-tion que l'on pouvait deviner sous le lin du panta-lon ? Intolérable. Mais lui, il était Tom Barban, le légionnaire, et les légionnaires, comme on le sait, sont très virils lorsqu'ils dansent avec une dame qui ressemble à Lauren Bacall…

Mais moi, qui étais-je? Je n'étais pas Dick, même si je jouais son rôle — dans la réalité, je veux dire. Et je n'étais pas non plus Abe North, non, malgré mon vieux roman, jamais je ne pourrais en écrire un autre, même si tout le monde faisait semblant de penser le contraire, et je n'écrirais pas non plus l'histoire de nos petites histoires minables. Je savais seulement par cœur le début de romans écrits par d'autres, j'appartenais à une histoire similaire, j'étais un personnage sorti d'un autre roman, ou plutôt sa stylisation dans une dimension mineure, sans grandeur et sans tragique; mon modèle, lui, au moins, avait une certaine grandeur dans le genre gangster; mais mon rôle ne prévoyait pas de folies, pas de rêve auquel on consacre sa vie, pas de Daisy perdue, ou, pire encore, ma Daisy c'était toi, qui, pourtant, étais Nicole. Moi j'étais un jeu dans notre jeu: j'étais ton cher petit Gatsby.

La nuit avançait à petits pas. Cette phrase aussi, tu aurais aimé la trouver dans un de mes récits, n'est-ce pas? Allez, je te l'accorde: la nuit avançait à petits pas. Et même: la tendre nuit avançait à petits pas. Maintenant le phonographe jouait *Easy to Love* de Charlie Parker, ce disque, c'est moi qui l'avais acheté, sous la trompette pleurnicharde du pauvre Bird on entendait le bavardage presque joyeux du piano de

Stan Freeman, comme des rires retenus, un petit
phrasé tout en gaieté. J'aurais préféré Jelly Mor-
ton, mais Rosemary le trouvait assommant, on ne
pouvait pas danser sur la musique de Jelly Mor-
ton. Bien, mais que faire à cette heure de la
tendre nuit qui s'était avancée à petits pas ?
Saint-Raphaël ou l'*Hôtel du Cap* ? Saint-Raphaël,
c'était mieux, qu'est-ce qu'on peut bien faire, au
Cap, une fois qu'on a bu le negroni ? On crève
d'ennui, c'est tout ; et le beau Brady (mais comment s'appelait-il, dans la vie, le beau Brady ?)
était d'accord pour n'importe quel programme
à condition de pouvoir te faire les yeux doux, sa
stupide petite blonde l'aurait suivi n'importe où,
« c'est cocasse [1] », ne cessait-elle de piailler, « c'est
cocasse », tout était cocasse. Même la vieille Benz
de Deluxe était cocasse, avec ses ailes beiges et sa
vitre de séparation à l'intérieur ; elle avait appartenu à un chauffeur de taxi parisien qui avait
pris sa retraite, il se vantait de l'avoir achetée
pour une bouchée de pain, « il n'y a qu'une
chose qui me fait mal au cœur, c'est qu'il ait
voulu garder le compteur, il y a des gens qui s'attachent à des choses complètement idiotes !... »,
et il riait de toutes ses dents bien blanches.
Il avait trop de dents : des dents *de luxe* [2]. C'est
peut-être une plaisanterie trop facile ?

Mais qui était **M. Deluxe** ? Un musicologue

---

1. et 2. En français dans le texte. (*N.d.T.*)

raffiné? Allons donc! avec un nom pareil! Je
crois qu'il était cocasse lui aussi, comme sa
Benz, «j'ai beaucoup aimé votre roman pour sa
musicalité», me disait-il. Quel crétin. «Mais dans
votre prochain roman — car vous êtes en train
d'en écrire un autre, n'est-ce pas? —, dans votre
prochain roman, ayez le courage d'expliciter
votre amour pour la musique, n'ayez pas peur
des citations, remplissez-le de noms, de titres,
cela donne tout de suite des romans magiques,
citez les noms de Coltrane et d'Alban Berg, car
je sais que vous aimez Coltrane et Alban Berg, et
vous avez en moi un allié.» Il prétendait aimer
Coltrane et Alban Berg, il aurait voulu «avoir
plus de temps pour en parler», mais, en fait, il
ne dépassait pas Gershwin. Mais comment
pouvait-il comprendre la mort, avec son large
sourire? Toi non plus, tu ne pouvais pas comprendre la mort, elle était hors de ta portée,
pour le moment. Tu pouvais comprendre le
mort, mais la mort et le cadavre sont deux choses différentes. *La mort est un virage sur la route,
mourir c'est seulement ne plus être vu,* tu te souviens
de ces vers? Je les ai dits un soir mais je vous ai
trompés, ils n'étaient pas de Fitzgerald, même si
vous y avez tous cru, c'était une citation fausse,
et en moi-même j'étais content de la superche-
rie. Nous étions sur la route du bord de mer,
près de Villefranche je crois, je citai la phrase et
dis: Fitzgerald, *L'envers du Paradis.* Deluxe freina

presque instantanément. Il murmurait quelque chose comme « sublime, sublime[1] », une bêtise de ce genre, et il voulut que nous descendions sur la plage, il nous fallut enlever nos chaussures et marcher jusqu'au bord de l'eau en nous tenant par la main, un homme, une femme, ainsi de suite, comme une chaîne, il était urgent de faire *quelque chose de lustral*, selon ses propres termes, c'était un hommage au fait d'exister, d'être là, au fait d'être dans la ligne droite de la vie : une manière de conjurer les virages, en fait, l'idée c'était ça.

Ta mère oui, elle comprenait la mort. Je compris tout de suite que c'était une femme qui comprenait la mort, lorsque je fis sa connaissance. Et elle aussi, elle comprit la même chose à mon sujet. Elle comprit qu'il y avait un peu de cela dans mon mauvais roman, c'est pourquoi elle s'employa à ce qu'il devienne un livre, m'empêcha d'arriver à Menton, et me tira de ma condition de « jeune et pauvre aspirant écrivain fils d'émigrés retournant dans son pays d'origine avec un manuscrit dans la poche ». Vous croyiez que mon amour pour Fitzgerald était si fort qu'il m'avait poussé à faire un pèlerinage sur ses traces ? Que mes descriptions de l'hôtel de Baltimore étaient le résultat d'une passion obsessionnelle pour Fitzgerald ? Ce

---

1. En français dans le texte. (*N.d.T.*)

n'est pas tout à fait ça. Disons que je suis un chroniqueur. Dans cet hôtel, j'y ai passé toute mon enfance. Je préfère ne pas m'attarder sur les détails. Mon père y était serveur depuis 1929, il avait vraiment connu Fitzgerald, il avait des livres dédicacés par lui, il me parlait souvent de lui, et aussi de Zelda, elle avait eu de la sympathie pour lui et l'avait pris en affection parce que mon père lui préparait des breuvages très compréhensifs, elle l'a même mis dans *Save Me the Waltz* sous un autre nom. Et puis au fil des ans l'hôtel avait baissé, la clientèle avait changé, à mon père et à moi on nous avait laissé une chambre dans l'aile arrière, après la mort de maman il ne savait pas à qui me confier, là au moins j'étais en sécurité, c'est du moins ce qu'il croyait, il a passé les dernières années de sa vie à servir de vieilles putains en fourrure, des morphinomanes distingués, des pédérastes querelleurs… Voilà ce que c'était, mon Fitzgerald. Ta mère avait compris bien des choses à mon sujet. Et moi aussi à son sujet. Tu aimerais savoir quels furent exactement nos rapports? Ce n'est pas quelque chose que l'on peut raconter en quelques mots. Je l'ai beaucoup aimée, je crois que cela suffit.

Tout le monde voulait aller à Saint-Raphaël, et puis finalement la soirée s'éternisait à l'*Hôtel du Cap*. Peut-être que les negronis étaient un peu forts. Et puis il y avait du Gershwin en abon-

dance, pour M. Deluxe. Et puis il y avait les Arri-
ghi, installés sur la terrasse. Comment leur résister, à ces deux-là? Ils faisaient deux parfaits
Mc Kisco, chamailleurs et amers, trop cocasses : à
dix heures du soir, à force de se monter la tête, et
peut-être aussi de boire, ils étaient en plein
délire, on aurait dit qu'ils sortaient de *Tender Is
the Night*, impossible de les plaquer pour s'en
aller à Saint-Raphaël. Ils n'ont jamais su qu'ils
étaient les Mc Kisco, les pauvres, peut-être ne
savaient-ils même pas qui était Fitzgerald. « Et
votre roman, Perri, où en est votre roman ? »
Mme Mc Kisco répétait toujours la même question, elle était compassée et bien élevée, elle portait toujours des foulards très chic et un trèfle de
perles sur le revers de sa veste blanche. Je n'ai
jamais vu la Mc Kisco sans sa veste blanche. Je
disais que ça n'allait pas mal, oui, vraiment, ça
n'allait pas mal, j'avais bien avancé, oui, je tenais
déjà toute l'histoire, dramatique bien sûr, mais
avec un peu de frivolité, la frivolité va bien avec
le drame : deux destins qui se rencontrent, une
vie ratée, deux vies ratées... Du désespoir ? oui,
bien sûr, mais sans excès. Une mort peut-être.
Lui ou elle, je ne savais pas encore : ou bien peut-
être une grande trahison, je ne savais pas. Mais
surtout une incapacité à vivre, comme si rien ne
pouvait suffire, et une impression de dissipation,
et en même temps quelque chose comme une
non-raison, et puis un égoïsme pervers. La

pauvre Mc Kisco soupirait d'un air compréhensif, comme pour dire : mais à qui donc la vie peut-elle suffire ? Sa volumineuse poitrine se soulevait, le trèfle de perles scintillait, Mc Kisco lui jetait un regard torve, comme s'il allait la tuer, elle était mélancolique et déplacée, sa tristesse était d'une simplicité émouvante ; allons, madame Mc Kisco, aurais-je voulu dire pour la consoler, appuyez votre sein généreux sur mon épaule, pleurez tout votre soûl : c'est vrai, votre vie est fichue, votre mari est un gorille plein de Pernod, vous avez trop d'argent, et maintenant vous vous demandez à quoi sert l'argent, à quoi riment vos usines de papier, mais que tout aille au diable, n'est-ce pas madame Mc Kisco ? Des enfants, voilà ce que vous auriez voulu avoir, et mainte-nant vous êtes là à essayer de retarder la vieillesse et la solitude, vous voudriez vous convaincre que les enfants ne sont pas tout dans la vie, vous regardez les lumières de Cannes et vous avez envie de pleurer. Venez avec moi jusqu'à la balus-trade, regardons la mer, je vais vous raconter un roman frivolement désespéré et nous en rirons comme des fous, c'est très fitzgeraldien, lui c'est l'auteur d'un unique roman, il a eu une enfance cariée qui lui fait mal de temps à autre par crises aiguës, il s'en est tiré dans la vie par des moyens pas toujours très nets, disons que c'est une petite crapule, mais au fond il est bon, voulez-vous entendre le début ? Ça commencerait comme

ça, par exemple : *En 1959, lorsque le héros de cette histoire eut trente-cinq ans, deux années déjà s'étaient écoulées depuis que l'ironie, le Saint Esprit de notre époque, était, du moins théoriquement, descendue sur lui. L'ironie était le vernis final de la chaussure, le dernier coup de la brosse à habits, une sorte de « nous y voilà ! » intellectuel, et pourtant, au seuil de cette histoire, il n'avait pas encore dépassé le stade conscient*[1]...
À dire vrai, le début n'est pas de moi, chère madame Mc Kisco, de moi il n'y a que les dates, mais c'est presque pareil.

Vers minuit Mc Kisco s'abattait sur la table, il fallait le relever de tout son poids. Mlle Bishop elle aussi était un peu soûle, elle n'arrêtait pas de rire, elle avait le vin gai, maintenant elle se sentait tout à fait en forme pour une escapade à Saint-Raphaël, allez, une petite virée, le temps de manger deux crevettes. Moi, à ce moment-là, je décrochais, je préférais attendre à la maison, de toute façon dans une heure tu serais de retour. Tu veux savoir pourquoi je ne suis pas rentré, le soir du 12 août ? Je ne me suis jamais demandé pourquoi tu n'es pas rentrée, toi, je ne veux pas le savoir, ça ne m'intéresse pas. Mais je veux te dire pourquoi je ne suis pas rentré, moi, c'est trop drôle. Parce que c'était la Saint-Macaire. Mon père s'appelait Macario, je voulais être seul pour

---

1. *Les heureux et les damnés*, trad. de L. Servicen, Gallimard, 1964. (*N.d.T.*)

penser à lui, loin de ta maison, sans interférences. Et j'avais dans la poche la photo de Scottie. Maintenant aussi je l'ai là devant moi. C'est une photo du jour de ses quatre ans. Scottie a une robe à fleurs, des socquettes blanches, et les tresses blondies par le soleil. Elle tient un pantin par l'oreille, une espèce de basset aux yeux tristes qui s'appelait Socrate, tu te souviens de Socrate ? c'est moi qui l'ai pris. Il y a un trou dans la photo : c'est toi. Et il y a la villa, au fond, prise du côté ouest, avec les marches couvertes de vigne vierge qui menaient aux pièces de Scottie, la porte blanche avec ses petits vitrages biseautés, à l'anglaise. J'avais donc la photo de Scottie dans la poche, je m'assis dans un café. Je me sentais vraiment bien. Mon plan était parfait, et puis on voyait un feu d'artifice dans un village près de Menton, ça devait être la fête du saint de l'endroit, ça me parut de bon augure. Depuis un mois et demi, tous les samedis soir, je passais la frontière avec ma voiture. Il y avait un douanier qui montait à vingt-deux heures précises, un gars de Benevento, maintenant il était habitué à me voir, j'allais boire un café en Italie, à dix heures et demie je repassais la frontière, « la nostalgie du café italien, monsieur ? », il me saluait en mettant la main à la visière, je répondais à son salut, quelquefois je m'arrêtais causer un peu, pour lui j'étais un riche qui avait la manie du café italien, il n'aurait jamais eu l'idée de regarder dans la voiture, endormie sous un plaid, Scottie serait passée sans problème.

Je traînai un peu sur le bord de mer à regarder les feux d'artifice vers Menton. Ce serait pour le lendemain soir. C'était la Saint-Macaire, la nuit était belle, je pensais à mon père mort dans un hôtel fétide de Baltimore. Je m'arrêtai au *Racé* pour retirer de l'argent, j'avais une certaine somme à ma disposition mais c'était la dernière fois, cet argent, j'en avais besoin pour mettre sur pied des activités honnêtes en Italie ; j'étais loin de manquer d'argent, mais plus j'en aurais, mieux ce serait : les premiers temps n'allaient pas être faciles. Au *Racé*, il y avait une « jam-session » avec un type incroyable qui imitait parfaitement Rex Stewart, un cornettiste d'Ellington des années trente, il était gai, il jouait *Trompett in Space* et *Kissing my Baby, Good Night*, tu te rends compte ! J'étais gai moi aussi, je m'attardai un moment, puis je sortis et fis un bon bout de chemin à pied parce que j'avais envie de respirer l'air frais. Voilà. Toute une vie peut changer à cause d'un rien. Ou rester identique.

Le temps est perfide, il nous fait croire qu'il ne passe pas, et puis quand on regarde derrière soi, il est passé trop vite. Ça te plairait, une phrase comme ça, dans une de mes histoires, n'est-ce pas Martine ? Accordé. Le temps est perfide, je regarde derrière moi, il est passé trop vite, et pourtant, comme il est passé lentement ! Presque vingt ans ont passé, et pour nous Scottie a toujours quatre ans. Mais au fond, pour toi, j'ai encore l'âge de cette époque-là, moi aussi. Car tu ne peux pas m'atteindre, en un certain sens je suis éternel, ici, à l'endroit où je me trouve. Je suis de l'autre côté du virage qu'il y a sur la route, tu comprends ce que je veux dire ? Vingt ans, ça devrait suffire pour comprendre une idée de ce genre. Toi, au contraire, tu es restée sur la ligne droite, exposée. Tu as vieilli, Martine, c'est normal. **Enfin tu** n'as plus à craindre l'arrivée de la vieillesse : elle est arrivée maintenant. Mlle Bishop n'a plus donné signe de vie, elle a disparu en Angleterre. Mais je sais ce qui s'est passé : elle est devenue à moitié nonne, elle ne s'est jamais mariée, elle habite un collège du Sussex où elle enseigne la culture américaine aux jeunes filles de bonne famille. Deluxe a vieilli lui aussi, c'est incroyable. Il a complètement perdu son allure d'aviateur. Il est venu te voir quelquefois, mais ce n'est plus possible de reprendre le jeu, les conditions n'y sont plus. C'est un monsieur corpulent qui a une Citroën bleue et qui est directeur commercial en banlieue : adieu Tom Barban. La villa aussi, comme elle a vieilli. Je suis passé devant il n'y a pas longtemps et j'ai imaginé que j'y entrais. Sur le mur à côté du portail, il y a un petit panneau de carreaux bleus représentant un brigantin qui a les voiles gonflées. Nous l'avions acheté à Èze Village, tu t'en souviens ? Sur le portail de fer forgé, la peinture blanche est écaillée. Là où la peinture a sauté, à cause du soleil et de l'air salé, il s'est formé de larges plaques d'une rouille fine et très jaune qui s'effrite sous les doigts, il doit falloir pousser très fort les battants pour qu'ils s'ouvrent car les gongs sont grippés. Lorsque, après avoir poussé le portail avec un peu d'impatience, on parvient enfin à l'ouvrir, il émet un grincement étouffé et prolongé, comme un gémissement qui viendrait de loin, en face de nous. Autrefois il m'arrivait de lever machinalement les yeux pour chercher qui pouvait bien pousser ce gémissement et je voyais alors le bleu de la mer. À droite du portail, après l'entrée, sous un palmier, il y a une guérite peinte en jaune, un débarras qui ressemble à une maison en miniature. Autrefois le gardien y mettait ses affaires, maintenant j'imagine ce qu'il peut y avoir : un landau d'enfant avec une capote à soufflets, comme on en voit dans les photos des années trente, un xylophone d'enfant sans cordes, de vieux disques rayés. Ce sont des objets insoutenables, on ne peut pas les regarder, mais on ne peut pas non plus s'en défaire : il faut trouver un débarras. Mais pourquoi est-ce que je te décris des choses que tu connais mieux que moi ? Pour introduire une note émouvante

dans mon histoire, un sentiment de gâchis? Tu
as toujours eu une certaine prédilection pour
les vies futiles et désespérées: Francis et Zelda,
Bessie Smith, Isadora… Je fais ce que je peux:
c'est là tout ce que nous avons à notre disposition. Eh oui, la villa est bien délabrée, elle aurait
besoin d'un bon maquillage: façade, fenêtres,
jardin, fers forgés… mais l'argent se fait rare, il
n'y a plus les petites affaires cachées de Perri, si
louches mais si rentables, et les traditions ne
nourrissent pas. Tu pourrais peut-être penser à
utiliser tout cela. La situation est d'une rare élégance, la maison est magnifique, si délicieuse-
ment Art-Nouveau; tu pourrais te retirer dans
la partie qui fut celle de Scottie autrefois, tu
serais ainsi encore plus proche de son souvenir,
et puis deux pièces te suffisent désormais, et le
reste tu pourrais le transformer en hôtel. Un
hôtel petit, mais très sélect: dix chambres, salle
à manger au rez-de-chaussée avec des lampes
vertes sur les tables, un pianiste sur la terrasse
pour le soir après dîner, beaucoup de Gershwin,
clair de lune et bacardi. Les Suisses entre deux
âges qui ont de l'argent adorent ce genre d'endroits. Il faudrait que tu lui trouves un nom qui
aille bien avec, raffiné mais spirituel: « Le petit
Gatsby », par exemple. Et comme ça, tu pourrais
voir venir la vieillesse tranquillement, passer de
paisibles après-midi à regarder la côte et à penser au futur *qui d'année en année recule devant*

nous. Il nous a échappé ! Qu'importe ! Demain nous
courrons plus vite, nos bras s'étendront plus loin... Et
un beau matin...[1]. C'est un final de Fitzgerald,
bien sûr.

1. *Gatsby le Magnifique,* trad. de V. Liona, 1946, Grasset. (*N.d.T.*)

Paradis céleste

Jusqu'au jour où je fis la connaissance de
Madame Huppert[1], je n'avais jamais entendu
parler d'Ikebana. J'étais vraiment sur mes gardes,
cet après-midi-là, et je m'étais préparée psycholo-
giquement à dire beaucoup de petits mensonges,
dans le cas où cela me paraîtrait « promotion-
nel ». À cette époque-là je considérais les petits
mensonges comme une chose nécessaire pour
paraître plus intéressante, pour échapper à la
médiocrité, et je m'entraînais à mentir d'un ton
léger. Tout compte fait, je me trouvais plutôt
convaincante quand je mentais, peut-être même
plus que quand je disais la vérité. Mais confrontée
à une question directe, sans aucune référence,

1. L'expression « Madame Huppert » est en français dans le texte
ainsi que les autres noms. (*N.d.T.*)

sans la moindre lueur de ce que pouvait être Ikebana (une personne? une chose?), toutes mes dispositions pour le mensonge me firent cruellement défaut, et je fus obligée d'admettre mon ignorance.

Pour l'entretien, Madame me reçut sur la terrasse. Elle était allongée sur une chaise longue en bambou, très austère, sans coussins, un de ces sièges du genre «méditation-yoga», et elle portait un ravissant kimono bleu pâle. Jusqu'au dernier moment, je m'étais demandé si j'allais mettre ma jupe plissée bleu marine avec un pullover rouge, style «jeune fille de bonne famille qui fréquente le club de tennis», ou bien le tailleur de tweed noisette avec un chemisier beige. Finalement je m'étais décidée pour le tailleur, mais je n'étais pas tout à fait sûre de mon choix, car la saison n'était pas vraiment idéale pour un tweed un peu épais comme celui-là. Cette année-là en effet, un mois d'octobre éblouissant semblait vouloir prolonger sans faiblir un été qui avait été magnifique, et les tout derniers touristes flânaient encore en short sur les bords du lac comme pour faire une dernière provision de soleil. Mais zut! ce tailleur m'avait quand même coûté presque un mois entier de salaire — et encore, je l'avais acheté en solde à la fin de l'hiver précédent! — et je n'avais pas jusqu'ici trouvé l'occasion de le mettre. C'était un tailleur Saint Laurent avec jupe-culotte et veste très épaulée, style années quarante, à larges revers et double boutonnage, de coupe un peu masculine. Quelque chose de superchic : dans *Vogue*, Deborah Kerr portait exactement le même, appuyée à la balustrade sous la véranda de son ranch. Mais dans cette école idiote, qui est-ce qui aurait bien pu apprécier mon Saint Laurent ? Mes collègues arrivaient le matin attifées de manière épouvantable, il ne leur manquait que le petit tablier de devant et les bigoudis sur la tête ; autant mettre mon tailleur Saint Laurent pour cet entretien avec Madame, il y aurait au moins quelqu'un pour l'apprécier. C'est du moins ce que je pensais, et je croyais ne pas me tromper. Je vous le dis, une villa comme celle-là, ça ne cadrait pas avec une de ces stupides créatures du genre « femme de charcutier cossu » qui avaient infesté les collines autour du lac avec leurs petites villas dignes de Disneyland, et qui débarquaient à la galerie à la fin de l'été, quand le propriétaire organisait une VENTE AUX ENCHÈRES SANS PRÉ-CÉDENT, et emportaient des croûtes à tomber raide d'horreur pour les accrocher aux murs de leurs demeures citadines. Il suffisait d'ailleurs de voir le portail de fer forgé duquel partaient deux rangées de cyprès bien droites, les tourelles tout ouvragées, style 1900, le jardin à l'italienne, la terrasse envahie par les bougainvillées. Et puis je pensais que, si l'on était tant soit peu perspicace, une simple petite annonce sur le journal suffisait pour se faire une idée de la classe que pouvait avoir son auteur. Les offres d'emploi que je parcourais le samedi d'un œil avide étaient pleines de propositions vulgaires et insidieuses, ou dans les meilleurs cas plates et banales, dans lesquelles la « possibilité d'un avancement rapide » cachait la misère de ventes à domicile de quelque encyclopédie pour gamins débiles. Ce n'était pas tous les jours que l'on tombait sur une offre d'emploi en secrétariat formulée ainsi : « Intelligence, discrétion, culture. Français indispensable. »

Je jugeai que c'étaient là quatre qualités que je possédais de manière indéniable. Dommage que le directeur de l'école, affolé parce que je parlais de la *Maja desnuda* aux élèves, et le propriétaire de la galerie, qui ne pensait qu'à plumer les dames de Varèse, ne s'en soient jamais aperçus. Tant pis pour eux.

Il paraîtra peut-être futile de dire que Madame était *charmante*, mais cela donne au moins une idée générale. Elle portait très bien ses cinquante ans, si elle les avait ; mais si elle n'en avait que quarante, elle les portait très dignement : je penchai cependant pour la première hypothèse. Elle avait les cheveux d'un blond si peu naturel qu'on les acceptait tout de suite tels qu'ils étaient, car la fiction qui se donne pour telle est bien plus acceptable que la fiction qui se cache — j'avais alors toute une théorie sur les nuances de la fiction ; et, Dieu merci, elle n'avait pas recours à la permanente. Je n'avais rien en principe contre la permanente, loin de moi cette idée, mais le fait est que mes collègues arrivaient à l'école avec des permanentes tellement minables que j'avais fini par détester ça.

Madame engagea la conversation de manière très décontractée, en français. Elle parlait évidemment français pour vérifier ma connaissance de cette langue, comme il était demandé dans l'annonce, mais dans ce domaine je me sentais à l'abri de tout danger, grâce à Charleroi, même si je me gardai bien de le lui dire. Je ne fis aucun effort pour cacher mon accent belge prononcé, et pourtant cela ne m'aurait pas été très difficile, c'était seulement une question de voyelles toniques et de gutturales. Nous commençâmes par la littérature. Madame, de manière très discrète, s'informa de mes goûts, non sans m'avoir auparavant indiqué les siens, pour me mettre à l'aise : c'était le Montherlant de *La Reine morte* (« si humain, si émouvant », dit-elle) et la mélancolie enchantée d'Alain-Fournier. Pierre Loti n'était pas à négliger non plus, il fallait le redécouvrir, *Ramuntcho* en particulier, elle était sûre que tôt ou tard quelqu'un allait le remettre à la mode, un critique américain peut-être : les Américains avaient un flair indiscutable pour les *repêchages*. À dire la vérité, Loti me rappelait l'odeur de renfermé des salles de classe du Collège Sacré-Cœur de Charleroi, où *Pêcheur d'Islande* était une des rares lectures permises, mais je fis mon possible pour approuver. J'avais mis huit ans à effacer de mon existence le collège de Charleroi, ce n'étaient pas les goûts de Madame qui allaient me ramener à ces souvenirs. J'aurais pu faire dans le genre intellectuel en hasardant le nom de Sartre, dont j'avais lu une nouvelle (horrible d'ailleurs), mais je préférai m'avancer avec prudence et citai Françoise Sagan, qui au fond avait tout de même quelque chose à voir avec l'existentialisme. Ensuite je mentionnai Hemingway, avec *Les neiges du Kilimandjaro* (j'avais vu le film avec Ava Gardner), et *La mousson* de Louis Bromfield. Madame me demanda si je connaissais les tropiques. Je dis que non, *malheureusement*, mais que tôt ou tard il faudrait que j'y aille, il ne m'avait manqué que l'occasion. Ensuite nous passâmes à la peinture.

Là je me décontractai tout à fait, c'était mon domaine, et si je mentis un peu, ce ne fut pas tant pour des raisons « promotionnelles » que pour embellir légèrement ce que je disais. Je dis que j'avais eu le diplôme de l'École des Beaux-Arts deux ans auparavant (ce qui était vrai), mais que l'Italie était d'une petitesse incroyable. En effet, qu'est-ce qu'on offrait, en Italie, à une jeune artiste? Des remplacements dans un collège.

Heureusement que je pouvais, l'été, laisser libre cours à mes goûts en travaillant dans une galerie d'art de la région (j'espérais de tout mon cœur, au moment où je disais cela, qu'elle n'y fût jamais entrée) ; mais malheureusement la galerie fermait à la fin de la saison, et la ville retombait dans les ténèbres de l'inculture. Et alors, *me voilà*.

Je pensai qu'était venu le moment des questions plus précises. Je craignais en particulier que Madame ne m'interroge sur mes compétences dactylographiques, compétences que je considérais comme indispensables pour une secrétaire. Les miennes étaient nulles. Les rares fois où je devais taper une lettre, en bas à la galerie, cela me prenait un après-midi entier (je tapais avec l'index de la main droite seulement), et après tant d'efforts les résultats n'étaient pas des plus brillants. Madame, au contraire, ne semblait pas avoir la moindre intention de me poser des questions d'ordre « technique » : elle paraissait avoir l'esprit exclusivement préoccupé par la peinture, et je ne me fis pas prier pour la suivre dans cette voie. Au début, nous parlâmes des jaunes de Bonnard, je ne sais plus à propos de quoi, probablement à cause de la lumière de l'automne et de la tache dorée des châtaigniers que l'on apercevait sur les flancs de la montagne, de l'autre côté du lac. Ensuite je jouai tout en finesse, et m'orientai vers les *fauves*. On ne discutait pas Matisse, bien sûr, cela me paraissait évident. Mais personnellement je *sentais* mieux Dufy, le Dufy des marines,

des géraniums et des palmiers de Cannes. Avec
Dufy, dis-je, la joie de vivre méditerranéenne
chante sur la toile. Sur le mur près du bureau,
dans la petite salle de *La Palette du lac*, le propriétaire avait accroché un calendrier où chaque
mois était illustré par une reproduction de Dufy.
Je venais d'en finir avec trente après-midi consé-
cutifs (trente et un pour juillet et août) pour
chaque reproduction, de cinq à neuf heures : *La
Palette du lac*, durant les mois d'été, ne fermait
jamais. Disons, pour être plus précis, que Dufy
me sortait par les yeux. Mais à la galerie, le spectacle n'était pas varié : j'avais le choix entre les
reproductions de Dufy et les visages idiots des
dames qui admiraient les croûtes accrochées au
mur et auxquelles j'aurais dû, à en croire le propriétaire, adresser par-dessus le marché des sourires accueillants : il était normal que je préfère
Dufy. Je le connaissais par cœur.

Je demandai à Madame ce qu'elle pensait de
Bal à Antibes[1] (c'était la reproduction de juin),
avec ces éclaboussures de bleu et de blanc que
font les marins au premier plan, au milieu de la
ronde des couleurs. Et l'enchantement bleu
pâle de *La mer* (juillet), avec ces petits éclats de
rire (c'est exactement l'expression que j'em-
ployai) des voiles ? Et l'harmonie des pastels de

---

1. Titre donné en français dans le texte, comme tous ceux qui
suivent. (*N.d.T.*)

Plage de Sainte-Adresse, celle de 1921, est-ce qu'elle n'évoquait pas pour elle une petite symphonie ? Madame acquiesça. De toute façon, dis-je, péremptoire, rien n'égalait *Jardins publics à Hyères* (septembre). Je le trouvais *définitif.* Pour moi, après ce tableau-là, Dufy n'existait plus. (Et c'était une sacro-sainte vérité.)

Le calendrier produisit un certain effet sur Madame qui me prodigua tous ses compliments. Et alors, eh bien, oui, ajoutai-je avec toute la désinvolture que me paraissait mériter la chose, j'étais allée à Paris « spécialement » pour étudier les *fauves.* Naturellement je me gardai bien de dire ce que je connaissais de Paris, car tout ce que j'en savais remontait à un voyage scolaire avec les bonnes sœurs quand papa travaillait à la mine à Charleroi. Cela avait été une excursion de quatre jours, en car, avec de petites haltes casse-croûte et pipi, et puis tout le monde en voiture, à chanter *En passant par la Lorraine,* sous la férule de l'inflexible gaieté de sœur Marianne qui, craignant les longs silences et les longues conversations, les uns comme les autres sources de mauvaises pensées, résolvait ce dilemme par l'allégresse d'une saine chanson. De Paris, je conservais l'atroce souvenir du musée de l'Histoire de France, du Panthéon, de mes pieds tout gonflés, et de mes premières règles qui étaient arrivées le deuxième soir du séjour, après une mémorable marche à pied. Le dernier jour, sœur Marianne nous avait guidées dans une visite d'un quart d'heure au Louvre, juste pour nous mettre le nez sur Corot et Millet, et à la sortie nous avions toutes été obligées de donner une petite participation pour l'achat d'une reproduction de *L'angélus* que sœur Marianne avait ensuite collée sur la lunette arrière de l'autobus, lors du voyage de retour. J'avais treize ans, je me sentais laide, malheureuse et incomprise, et je passai tout le voyage à imaginer une vengeance terrible : un jour, je devenais un grand peintre, j'avais un magnifique atelier dans le quartier Latin, sœur Marianne venait me supplier à genoux d'aller décorer de fresques le réfectoire du collège de Charleroi où la grande artiste que j'étais avait commencé ses études, et moi je lui répondais d'un air hautain que ce n'était vraiment pas possible parce que je devais préparer une exposition triomphale au Grand Palais : Paris me rendait hommage, le monde entier réclamait mes tableaux, et l'on disait que le président de la République en personne était intervenu.

— Et l'Ikebana ? dit Madame, vous aimez l'Ikebana ?

Je répondis que non, *décidément*, je ne le connaissais pas. (Je me sentais prise au piège, et je choisis d'être sèche et catégorique.)

— Quel dommage, dit Madame, mais cela n'a pas d'importance, je suis sûre que vous apprendrez à l'aimer. S'il vous plaît, faites-moi passer la bouteille de gin, et appelez Constance pour qu'elle me porte encore un tonic.

Tout en attendant son tonic, Madame m'interrogea d'un air distrait sur mes hobbies, me demanda si par hasard je m'intéressais aux vins : ah, oui, très bien, elle non, elle préférait les cocktails, mais Monsieur, oui, son mari, avait la passion des vins, en bon Italien qu'il était — Italien d'adoption, mais bien Italien tout de même. Oh, les vins rares, bien sûr, elle aussi elle aurait aimé les connaître un peu mieux, mais elle ne pouvait tout de même pas exiger de son époux qu'il lui donne des leçons, il était toujours en voyage, toujours tellement pris par ses affaires, pauvre chéri. Mais, au fait, mon français était excellent.

Je répondis que oui, effectivement, mon pauvre père avait eu mon éducation à cœur, et pourtant il n'avait jamais une minute de libre (il était dans les mines) : il avait voulu pour moi une gouvernante française, bien entendu, et cette chère vieille Francine (je m'émus légèrement à son souvenir), qui m'avait presque servi de mère, était wallonne, c'était d'elle que je tenais cet indéniable accent belge qu'un temps j'avais détesté et que maintenant je trouvais charmant. Oh, non, non, je n'étais pas orpheline de mère, mais maman était si fragile, si délicate, et puis son piano ne lui laissait pas une minute de répit.

Madame poussa le chariot des apéritifs dans ma direction et m'invita à me servir.

— Ainsi l'école ne vous intéresse pas, vous n'avez pas la vocation ?

Je dis que la vocation, je l'aurais peut-être eue, mais que j'avais mon diplôme depuis deux ans, et que j'étais encore obligée de faire des remplacements. Tout de même ! J'avais *presque* vingt et un ans ! Je me mis à expliquer ce qu'étaient les remplacements, chose que Madame paraissait ignorer totalement, et pour être concise je dis que la semaine suivante, quand le professeur que je remplaçais aurait terminé son congé de maternité, le directeur me dirait que l'école m'était très reconnaissante de ma précieuse collaboration, au revoir et merci. Et Dieu sait que les femmes enceintes ne poussaient pas comme des champignons, de nos jours les gens réfléchissaient avant de faire des enfants, avec le prix que coûtait la vie, ça se comprenait, peut-être n'était-elle pas au courant des statistiques de la natalité en Italie !

Le crépuscule tombait sur le lac et, de l'endroit où nous nous trouvions, cela ressemblait à un tableau, et c'était bien autre chose qu'un Dufy. De la terrasse, on dominait le jardin, plein de cyprès et de citronniers, sillonné par la géométrie des haies de buis que délimitaient les allées de gravier. Le village, sur le promontoire qui s'avançait dans le lac, était déjà dans l'ombre, et sur les toits flottaient des bandes de lumières un peu floues, d'un bleu pâle. La dernière tache de lumière de la journée tombait sur l'embarcadère qui était en face du portail et sur les tourelles de la villa, d'un jaune chaud, bruni par le temps. Les hirondelles faisaient un vacarme merveilleux, rasaient le sol, comme affolées. Madame était en train de m'expliquer qu'elle avait peur de beaucoup s'ennuyer pendant l'hiver, habituée comme elle l'était à Paris ; elle ne pouvait pas dire qu'elle avait vraiment besoin d'une secrétaire, mais plutôt d'une compagnie. Oui, de temps en temps une lettre à certaines galeries suisses dont elle était cliente, et de petites choses de ce genre : mais fondamentalement, ce qu'elle cherchait, c'était une personne de goût avec laquelle échanger des impressions, avec laquelle parler de choses intelligentes. *Naturellement,* elle ne me demandait pas de prendre une décision tout de suite, je pouvais donner ma réponse le lendemain, mais *naturellement* je serais logée et nourrie et même, je pouvais, si je voulais, donner un coup d'œil à ce qui serait peut-être ma chambre : elle appelait Constance.

Pendant tout le reste du mois d'octobre, Madame fut occupée à la conception d'un Ikebana non réaliste, un équilibre extrêmement délicat des nuances de l'automne. La base était un vase Belle Époque vieil or, une pâte de verre de Gallé datant de 1906, au col long et fin.

C'est à moi que Madame laissa le soin de donner un titre à la composition — toutes les compositions fantaisie devaient recevoir un titre, parce qu'une des finalités de l'Ikebana était justement de solliciter des noms, de faire en sorte que se concrétise en mots l'impression provoquée dans notre esprit par la composition. Ce qui me frappait le plus dans cette composition, c'était son « cœur de lumière », dis-je, et Madame décida que je n'aurais pas pu trouver un titre plus juste. À dire la vérité, je commençai à posséder une certaine compétence en la matière. J'avais littéralement dévoré *Ikebana : l'art des fleurs, Les fleurs et l'antique tradition japonaise, Ikebana et Haikai,* et enfin *La peinture japonaise*[1], un livre magnifique sur papier brillant, plein de reproductions. Le soir, sur les conseils de Madame, je lisais Kawabata, qui était « tellement zen, de la première à la dernière page ». Ce livre m'ennuyait à mourir avec toutes ces bonnes femmes idiotes qui fixaient mélancoliquement des paysages hivernaux, mais je me gardai bien de le dire pour ne pas paraître matérialiste. Madame avait horreur du matérialisme, et Kawabata était « un *petit souffle*[2] qui caressait les plaines de l'âme ».

Avec mon salaire d'octobre, que Madame insista pour me payer intégralement alors que je n'avais pas commencé au début du mois, je

1. Titres donnés en français dans le texte.
2. En français dans le texte. (*N.d.T.*)

m'achetai une veste en daim vert foncé qui me semblait absolument nécessaire, et un ensemble pour sac à main en écaille rouge : poudrier, peigne et briquet. Avec l'argent qui me restait, j'achetai un très élégant nécessaire de bureau, que je trouvais indispensable pour une secrétaire d'un certain niveau et qui contenait un minuscule coupe-papier en argent, un stylo-plume laqué, une petite bouteille d'encre d'un bleu très vif, et un paquet de papier à lettres, avec les enveloppes assorties, en très beau papier de riz jaune clair. Il me sembla que ma chambre faisait ainsi plus intellectuel. Je fis quelques petites modifications dans la disposition des objets : je déplaçai la lampe de jade de la commode à la table qui était près de la fenêtre, posai à côté mes récentes acquisitions et obtins ainsi un véritable bureau. Pour compléter l'ensemble je mis bien en vue les *Poésies complètes* de Vittoria Aganoor Pompilj et *La vie des abeilles* de Maeterlinck que j'avais achetées chez un bouquiniste.

Début novembre Madame me confia deux tâches qui tombaient à point pour mes acquisitions de papeterie. Nous avions reçu le catalogue d'une galerie de Zurich dans lequel étaient mentionnées deux estampes d'Utamaro, sans aucune précision : j'étais chargée de demander des informations, les dimensions, les prix, et éventuellement des photos. Ensuite je devais m'adresser à une entreprise d'horticulture de

San Remo pour qu'elle nous expédie des bulbes
de fleurs indiqués sous la référence numéro tant
de son catalogue.

J'écrivis à la galerie de Zurich une lettre
concise et courtoise, élégamment calligraphiée
sur mon papier de riz. Je demandais que l'on
nous fournisse une réponse très détaillée, que
l'on nous indique le prix en francs suisses, et que
l'on envoie au moins deux photos couleur format 16 × 24. Je faisais enfin miroiter la possibilité
d'un achat immédiat dans le cas où les œuvres
seraient bonnes, et je signais avec mes sentiments
les meilleurs Lisabetta Rossi-Fini, secrétaire de
Madame Huppert. Je me dis que rien ne m'em-
pêchait de signer désormais des deux noms de
papa et maman associés par un trait d'union,
j'étais bien la fille de l'un et de l'autre après tout,
je n'utilisais pas des noms qui ne m'apparte-
naient pas. Je commandai à l'entreprise de San
Remo, en même temps que les bulbes, une dou-
zaine d'œillets bleus que j'avais vus sur le catalogue et qui m'avaient fascinée. L'œillet est une
fleur simple et populaire, il exprime la franchise
et la sympathie, mais cette variété de serre d'un
bleu vif qui tirait sur le violet au bord des pétales
tout frisés était vraiment étrange : on aurait dit
des fleurs exotiques et mystérieuses, elles avaient
quelque chose de l'orchidée sans en avoir la
froide vulgarité.

Durant ces jours-là, Madame m'employa sans

répit à la réalisation d'un Gashu, un *moribana* traditionnel pour lequel il faut avoir, plutôt que de la sensibilité et de créativité, des connaissances précises sur la peinture japonaise ancienne dont s'inspire le *moribana*. Le *moribana* est un type d'Ikebana que l'on réalise sur un vase large et plat, généralement rectangulaire, ou bien rond. Ma collaboration au *moribana* se limita, à dire la vérité, à la recherche de la matière première, dans la mesure où je fus obligée de faire une promenade plutôt ennuyeuse sur les collines qui entouraient le lac pour trouver du noyer et des rameaux de *juniperus*. Le résultat fut que j'attrapai une irritation des chevilles vraiment désagréable, peut-être à cause du pollen, ou des feuilles pourries, qui me fit me gratter pendant une semaine.

La galerie de Zurich répondit par retour du courrier. Elle envoyait les photos des Utamaro, regrettant que les couleurs ne soient pas excellentes et que le format ne corresponde pas à celui que nous avions demandé, mais c'était tout ce que comportait le fichier. Il s'agissait de deux petites aquarelles, un personnage féminin plutôt banal et un insecte sur une feuille de nymphéa, tout dans les verts et marron, qui enthousiasma Madame. Les précisions que donnait la galerie, en plus du format et des prix, étaient celles-ci : « Utamaro, 1754-1806. Num. 148/a : *Femme de Yedo*, 1802 environ, gouache

sur papier de Chine, état de conservation parfait. Num. 148/b : *Libellule sur nénuphar*, 1790
environ, gouache sur papier de Chine, quelque
légère tache d'humidité au dos[1]. »

Ce fut tout à fait par hasard que ce soir-là,
avant de me coucher, j'allai jeter un coup d'œil
au chapitre de *La peinture japonaise* consacré à
l'œuvre et à l'école d'Utamaro. La première dif-
férence avec le catalogue suisse qui éveilla mon
attention était la date de la mort, 1797, date qui
me fut confirmée par le *Larousse* de Madame. Il
me parut vraiment bizarre qu'une galerie aussi
sérieuse pût faire une bourde pareille, et je me
mis à chercher plus attentivement. Décidément
la galerie n'avait pas de chance. Mon livre consa-
crait un chapitre assez long à un épigone d'Utamaro, un certain Torii Kiyomine (XIXᵉ siècle) qui
avait consacré son œuvre à la vie des courtisanes
et dont le talent était indiscutable et le dessin
généreux, sans avoir toutefois la grâce mélancolique caractéristique du maître. Je compris tout
de suite que les Suisses avaient commis une
bévue encore plus grave, et il me sembla qu'il ne
fallait pas laisser passer la chose. Le soir même, à
mon bureau, je composai une lettre, un vrai petit
chef-d'œuvre, que je soumis le lendemain à l'approbation de Madame. Compte tenu que la personne pour laquelle j'étais chargée d'écrire était

---

1. En français dans le texte. (*N.d.T.*)

une experte de niveau international en peinture japonaise, et que l'humble signataire de la lettre faisait son possible pour la seconder dans ses recherches, je faisais aimablement remarquer ce qui suit : 1) je trouvais réellement singulier que la mort d'Utamaro, que les experts internationaux les plus crédibles s'accordaient à situer en 1797, fût arbitrairement déplacée d'au moins neuf ans ; 2) cette erreur, qui de toute évidence n'était pas due à une coquille, entraînait une erreur encore plus déplorable : le Maître aurait peint une œuvre alors qu'il était déjà mort ; 3) le personnage féminin n° 148/a du catalogue, indiqué comme *Femme de Yedo* d'Utamaro, était en réalité une courtisane de Torii Kiyomine comme l'attestaient, même si l'on n'était pas en mesure de lire les idéogrammes situés à gauche du personnage, non seulement les volutes du vêtement et l'attitude du personnage, manifestement typique du dix-neuvième siècle, mais encore le caractéristique sabot haut et noir qui dépassait des plis du kimono. Je laissais entendre avec une certaine perfidie que les clients de la galerie risquaient d'avoir des doutes sur l'authenticité des œuvres qu'ils possédaient s'ils venaient par hasard à apprendre une erreur aussi déplorable ; je me permettais donc de suggérer que soit fait sur le catalogue, dans les meilleurs délais, un erratum qui nous rassurerait « tous » ; et pour finir, je proposai d'acheter non seulement l'authentique

Utamaro, pour lequel j'étais prête à payer le prix, mais aussi la courtisane de Kiyomine pour la moitié du prix demandé. Je signais, avec mes sentiments cordiaux, Lisabetta Rossi-Fini, secrétaire de Madame Huppert.

Dans les premiers jours de décembre, M. Huppert arriva d'un long voyage en Côte-d'Ivoire avec un magnifique cadeau pour Madame. C'était une statuette de pierre représentant un homme assis en tailleur qui tenait à la main un bizarre fusil de forme ancienne. Il expliqua que la sculpture de pierre est extrêmement rare en Afrique, parce qu'elle exige une organisation artisanale qui n'est possible que dans certaines civilisations dotées d'une structure sociale relativement développée. Cette pièce, par exemple, provenait d'un peuple Mintadi, du Haut-Congo, et décorait les nécropoles anciennes. C'était une figure mortuaire de haute antiquité, comme l'attestaient déjà les chroniques du roi du Congo Alphonse Ier, en 1514. Mais la chose la plus précieuse, pour moi du moins, c'était le bracelet que la statue portait au poignet, une très fine bande d'or, ornée d'une rangée de minuscules diamants, une splendeur.

— Ceci toutefois est une pièce moderne, dit en souriant M. Huppert, tout en le passant au poignet de sa femme.

Je trouvai cela plein de délicatesse.

M. Huppert était un homme charmant, extrêmement aimable, et un peu timide, et il se montra heureux que Madame eût trouvé une compagnie agréable « qui rendait moins déprimante sa convalescence » (ce sont les termes qu'il utilisa). À part le jour de l'arrivée de M. Huppert, je dînai toujours avec Monsieur et Madame. C'était une habitude qui datait de mon entrée dans la maison, et Madame ne crut pas bon de la modifier. D'ailleurs c'est moi qui m'occupais de la table, des fleurs (tous les soirs je composais un tout petit Ikebana, simple et gracieux), et du vin. Cette idiote de Constance était totalement dépourvue de délicatesse, bien qu'elle fût une cuisinière hors pair, et ce n'était pas sur elle que l'on pouvait compter pour les choses de goût. Quant à Giuseppe, c'était déjà un miracle de le faire fonctionner avec sa veste rayée et les gants blancs, il tenait son plateau comme il aurait tenu des cisailles ; mais il fallait être indulgent avec lui, après tout il avait été engagé comme jardinier seulement.

Les conversations tournaient d'habitude autour de la passion de M. Huppert, à savoir le continent noir, pour lequel il éprouvait un goût qui confinait à l'idolâtrie. Son travail d'importateur de matières premières pour le compte d'importantes entreprises européennes l'avait amené, en dix ans de voyages, à considérer l'Afrique comme sa terre d'élection. Et à l'entendre parler l'Afrique semblait être encore le

continent de Livingstone, de Stanley et de Savor-
gnan de Brazza : en effet M. Huppert en
connaissait le cœur le plus secret, les sortilèges
les plus mystérieux, les itinéraires les moins tou-
ristiques. En l'entendant parler, il me semblait
que je retombais dans mes lectures d'écolière,
dans les rêves de mon enfance, dans les histoires
de Tarzan, dans les aventures de Cino et
Franco[1] ou les films avec Ava Gardner et Hum-
phrey Bogart. Il savait tout sur les pistes les
moins battues, par exemple quels safaris choisir
parmi ceux qui partaient de Fort-Lamy et de
Fort-Archambault, quelles périodes éviter pour
ne pas tomber sur la cohue des riches Américains en quête de frisson, il connaissait les
meilleurs guides de Nairobi, les habitations
paléolithiques d'Olor-Gesalie, les peintures
rupestres de Cheke, les mystérieuses ruines du
Zimbabwe que certains considéraient comme
les légendaires mines du roi Salomon. Mais il
connaissait aussi la magie des cascades du lac
Victoria, le luxe de l'hôtel *N'Gor* de Dakar, les
pittoresques cottages perchés sur les pentes du
Kilimandjaro où les riches Rhodésiens passaient
leurs vacances, l'émeraude des terrains de golf
de l'Afrique du Sud. Je passais les repas sans dire
un mot, à l'écouter parler — que pouvais-je faire
d'autre, d'ailleurs ? — et une fois dans ma

---

1. Héros de bandes dessinées des années quarante. (*N.d.T.*)

chambre je prenais des notes désordonnées sur un carnet auquel j'avais donné le titre de *Voyage en Afrique*[1] : j'élaborais un itinéraire touristique idéal que, tôt ou tard, j'en étais sûre, les Huppert m'inviteraient à parcourir avec eux. Je me rendais compte, avec une parfaite objectivité, que mon prestige était nettement en hausse. La victoire remportée vis-à-vis de la galerie de Zurich, qui avait répondu en me félicitant et en acceptant mes conditions, marquait, entre autres, un point indiscutable en ma faveur.

Quand M. Delatour téléphona, j'étais seule à la maison : Monsieur et Madame étaient allés en ville pour faire des achats (Madame devait acheter la décoration de Noël) et m'avaient confié la villa comme ils le faisaient désormais lorsqu'ils s'absentaient. Dans ce cas, je répondais au téléphone, signais les reçus d'éventuels recommandés, payais les fournisseurs, et donnais à Constance les directives concernant le dîner.

Plus que surprise, Madame entra dans une grande agitation lorsqu'elle apprit l'arrivée de M. Delatour pour le lendemain. Elle dit que c'était une catastrophe, mon Dieu, nous étions complètement démunis, et puis venait-il seul ou avec Mme Delatour ? Je ne savais pas ? Mais bon sang, c'était *fondamental*, il était tellement embarrassant de recevoir des hôtes de manière approxi-

---

1. En français dans le texte. (*N.d.T.*)

mative, et les Delatour justement! Ah, quelle idiote elle était de ne pas avoir acheté de fleurs en ville, il n'y avait même pas de quoi faire un Ikebana décent.

Le lendemain fut une journée fébrile. Le matin, Madame essaya de composer un Shinsei avec du pin et des feuilles de magnolia, mais elle trouva que le résultat était pauvre et ridicule et elle le défit. Je lui suggérai un Jushoku de bienvenue composé de chrysanthème, de fougère et d'une petite branche de kaki. Cela avait l'avantage d'être facile à réaliser, et puis le kaki du jardin, avec ses fruits rouges et brillants, était vraiment magnifique. Comme base, nous utilisâmes un vase moderne, un bleu turquoise de Venini, très élégant. La composition s'avéra satisfaisante, mais il n'était pas question d'en faire un milieu de table. Il conviendrait tout au plus pour la crédence de la salle à manger, ou plutôt pour la desserte : il mettait une touche picturale au milieu des fruits, mais rien de plus.

Nous fûmes sauvées par l'arrivée inattendue des œillets bleus que j'avais commandé, à l'horticulteur de San Remo, je les avais presque oubliés, ils m'étaient sortis de la tête. C'est un fourgon de l'entreprise qui nous les livra en même temps que les bulbes. Ils n'avaient pas une couleur naturelle, certes, un œil un peu expert le remarquait tout de suite : je n'avais jamais compris si on leur faisait absorber le colorant par la terre, ou si on le vaporisait sur les fleurs. De toute façon, ils arrivaient en parfait état, extrêmement frais : une vraie providence pour nous. Madame et moi nous excusâmes auprès de Monsieur, nous espérions qu'il comprendrait, ce jour-là nous ne pouvions vraiment pas lui tenir compagnie pour le déjeuner. Nous mangeâmes sur le pouce, très rapidement, d'un sandwich accompagné d'un pamplemousse pressé, et nous nous attaquâmes tout de suite à l'Ikebana. Nous choisîmes de donner dans le majestueux. À dire vrai, la composition n'était pas tout à fait orthodoxe, mais selon toute probabilité M. Delatour n'était pas un spécialiste en la matière, et nous nous accordâmes quelque liberté. Notre *moribana* était un peu tape-à-l'œil, avec ce plateau céladon d'un blanc laiteux, les fougères et la tache bleue des six œillets au centre. Mais comme milieu de table, il avait une personnalité très forte, au point qu'il conditionnait le reste. Reste dont je dus me débrouiller toute seule, car Madame se retira dans sa chambre pour se maquiller et m'abandonna aux affres du choix. J'optai pour une élégance discrète, sans rien de fastueux : nappe de lin blanc, très simple, porcelaine hollandaise du dix-neuvième, verres de cristal à pied. Je finis à sept heures, juste au moment où j'entendis les pneus d'une voiture crisser sur le gravier. Je vis par la fenêtre que c'était une Bentley bleu marine, avec chauffeur, mais je n'eus pas le temps de voir combien de personnes étaient assises à l'arrière. De toute façon, je n'avais pas une minute à perdre, il me restait une toute petite heure pour me précipiter dans ma chambre et me donner un aspect décent. On m'avait confié la responsabilité de flamber le faisan, le Roberta da Camerino de Madame, je n'avais pas encore eu le temps de l'essayer, mais j'étais sûre qu'il me vieillissait trop. Et j'étais épuisée.

Madame fut adorable en me présentant comme « son artistique secrétaire, Mademoiselle Rossi-Fini », elle m'aida à trouver l'aisance dont j'avais besoin. N'allez pas croire que je me sentais gênée, mais un peu émue, si, ça je ne peux pas le nier. Et puis les Delatour n'étaient pas vraiment le genre de personnes à vous mettre à l'aise, Mme Delatour en particulier. Jeune, elle avait dû être splendide, maintenant elle cultivait le genre « beauté austère », à la Grace Kelly, mais plus hautaine, plus froide : sourcils très fins, cheveux blonds cendré attachés sur la nuque, visage tiré des femmes qui font des séjours dans les cliniques suisses. Au contraire les années donnaient un certain charme à M. Delatour, comme cela arrive parfois aux hommes qui ne sont pas vraiment beaux : tempes argentées, rides et pattes-d'oie autour des yeux, bronzage léger, yeux bleus. Type Von Karajan, mais en plus robuste, moins ascétique.

Giuseppe entra, portant les cocktails d'avocat.

Dans les coupes d'argent, le vert pistache de l'avocat coupé en dés et nappé d'une légère couche de glace pilée avec une goutte de ketchup avait un aspect magnifique. Oh, une bagatelle, dis-je en faisant semblant d'éluder les compliments, tout en montrant que je faisais semblant, c'était la vieille Francine qui m'avait appris à les faire, papa aimait tellement les avocats, d'ailleurs il adorait tous les fruits exotiques, peut-être pour des raisons esthétiques, il avait un terrible sens esthétique, papa. Un artiste? Non, non, il était dans les mines, eh oui, un terrible sens esthétique, d'ailleurs certains fruits exotiques sont un véritable plaisir pour les yeux, non? Un ananas, une papaye, une goyave, un avocat mis ensemble ne font-ils pas à leur façon un Ikebana? Un Ikebana sans titre, voilà tout.

— Et celui-ci, comment s'appelle-t-il?

La question de Mme Delatour nous prit à l'improviste. Une vraie douche glacée. Dans la hâte des préparatifs, dans l'agitation provoquée par cette arrivée imprévue, nous n'avions absolument pas pensé à lui donner un titre. Je ne dis rien, attendant la réponse de Madame. Madame, elle, s'en tira avec élégance en se tournant vers moi pour m'inviter à parler:

— Je vous en prie, ma chère, dites-le vous-même, semblait-elle dire, je ne veux pas vous enlever ce plaisir.

Je m'affolai, cherchant désespérément un

titre à la hauteur de la situation. Les yeux de Mme Delatour me transperçaient comme des aiguilles, sceptiques et inquisiteurs.

— Paradis céleste, dis-je, c'est un moribana traditionnel, continuai-je d'un seul trait, il exprime le plaisir qui naît dans l'âme des maîtres de maison à l'arrivée d'hôtes très appréciés.

Mme Delatour abandonna enfin l'expression glaciale qu'elle avait eue jusque-là. Son visage tiré se détendit (je dois avouer qu'elle me parut plus laide) et s'ouvrit en un sourire affable. Elle était sur le point de céder. Elle fut définitivement conquise par Giuseppe qui entrait avec le chariot. Le faisan rôti, disposé dans le plat à flamber, était magnifique. Avant de me confier le chariot, Giuseppe enleva les plumes de la queue qui décoraient le plat, déboucha le champagne et ouvrit le cognac avec un flegme impressionnant, et c'est seulement à ce moment-là qu'il dit :

— Monsieur Delatour, une communication de Paris pour vous.

Il avait des qualités cachées, ce brave Giuseppe, peut-être l'avais-je sous-estimé. Pendant ce temps, ces dames s'étaient liguées contre M. Huppert à propos de la chasse. Partant du faisan, la conversation s'était étendue à la chasse en général, et M. Huppert, assez imprudemment, avait avoué sa passion des safaris.

— Mais comment ! — Mme Delatour parlait du même ton détaché que d'habitude, mais elle était visiblement scandalisée — abattre une gazelle, cette masse d'*élan vital*[1] contenue dans la grâce d'un corps si fin, abattre cette merveille de la création, n'était-ce pas un délit contre nature ?

M. Huppert essaya d'expliquer, un peu mollement, que dans les safaris on n'abattait pas que des gazelles, ou pour le moins, pas exclusivement les gazelles. Il invoqua pour sa défense le frisson du risque, l'homme opposé à l'animal, il alla même jusqu'à citer Hemingway. Mais il n'avait pas l'avantage, loin de là. D'ailleurs il était seul dans son camp. Quant à moi, je me gardai bien de donner mon avis, cela me semblait risqué.

M. Delatour revint, il semblait soucieux et se rassit distraitement, l'air absent. La conversation reprit sans entrain : le moment de flamber le faisan était venu, cela ranimerait un peu l'ambiance.

— Hop là ! dis-je en tenant l'allumette de cheminée comme une torche, l'infidèle est condamné au bûcher, que justice soit rendue !

Il me semblait que la plaisanterie n'était pas mauvaise, mais personne ne rit. Je n'eus aucun succès.

— Mais, à Dakar, vous n'avez pas pris les contacts dont nous étions convenus ? demanda M. Delatour, en fixant M. Huppert droit dans les yeux.

1. En français dans le texte. (*N.d.T.*)

M. Huppert sursauta légèrement, resta un instant silencieux, comme embarrassé, but une gorgée de champagne.

— Je vous expliquerai plus tard, dit-il, cette fois-ci, cela n'a pas été facile.

— Je ne crois pas que cela soit nécessaire, répliqua M. Delatour, j'ai reçu de Paris une information *très confidentielle*, et vous savez quelle en est la source.

Il parlait d'un ton sec, neutre, sans aucune espèce de courtoisie, comme s'il n'avait jamais vu M. Huppert.

— Ce sont les Allemands qui ont conclu l'affaire, comme c'était à prévoir, ajouta-t-il, maintenant nous pouvons laisser vieillir tout notre stock.

Le cognac était en train de brûler gaiement sur le faisan, la petite flamme bleue grésillait, pleine de promesses. La recette exigeait que l'on flambe pendant au moins une minute, mais cela ne dura pas aussi longtemps, car je n'avais pas mis beaucoup de cognac. C'était d'ailleurs mieux ainsi, il me semblait que le moment était venu de passer aux choses sérieuses : l'œil avait eu sa part de plaisir, maintenant c'était au tour de l'estomac. Je découpai rapidement et appelai Giuseppe pour le service. Mme Delatour prit une bouchée de blanc qui était cachée sous une truffe. Bon sang, elle suivait un régime draconien, la belle momie ! Mme Huppert, sans doute pour ne pas gêner son invitée, suivit son exemple. Quand Giuseppe me présenta le plat, je me demandai si je devais faire la même chose. Il y avait un haut de cuisse avec deux filets de viande de dimension fort réduite, qui aurait pu convenir : de toute façon, après le dîner, je pourrais faire un saut à la cuisine. Mais l'idée me vint que Giuseppe et cette goulue de Constance risquaient de liquider les restes, trop contents que leurs maîtres aient si peu d'appétit, et je me servis un bon morceau de blanc. Et puis d'ailleurs je n'avais pratiquement rien mangé depuis le matin, le sandwich de midi n'avait fait que m'ouvrir l'appétit, la journée avait été stressante... et, au fond, tout le mérite de ce faisan me revenait.

— Je ne sais pas si vous vous rendez compte des problèmes que nous cause votre manque d'à-propos, dit encore M. Delatour du même ton.

M. Huppert dit qu'il s'en rendait compte.

— Bien, reprit M. Delatour, alors essayez de convertir cela en dollars.

Sans doute M. Huppert fit-il mentalement la conversion, car il pâlit, sa fourchette resta en l'air avec la truffe qu'elle portait, et son front s'emperla de sueur.

— Monsieur Huppert, dit d'un ton coupant M. Delatour, vous vous rendez compte que nous vous payons pour vendre ? Si vous cessez de vendre, nous, nous cesserons de payer.

Je bénis Giuseppe qui entrait avec le dessert.

C'était une mousse d'ananas glacée et garnie de cerises confites, un chef-d'œuvre de Constance que je connaissais par cœur et dont je raffolais. Quand Giuseppe me servit, je lui murmurai de porter d'autre champagne (j'en avais mis deux autres bouteilles au frais une heure auparavant, en cas). Et de faire vite. Ensuite je me levai pour allumer la cheminée, non sans faire remarquer que ce soir j'avais vraiment l'impression d'être une vestale, une vestale ou une pyromane, comme ces messieurs dames préféreraient. Mme Huppert rit gaiement, suivie par M. Delatour. L'atmosphère était nettement en train de se détendre. Je pensai qu'il n'y avait rien de tel qu'un bon feu de cheminée pour calmer les nerfs. Et puis Giuseppe entra avec le seau à glace et le Dom Pérignon entouré d'une serviette blanche (impeccable, le vieux Giuseppe se comportait vraiment en grand maître), fit sauter le bouchon et remplit les coupes.

— Vous vous rendez compte, dit encore M. Delatour à M. Huppert (mais il avait maintenant une voix plus détendue, plus conciliante), vous vous rendez compte, j'espère, que si vous voulez reconquérir le terrain il ne vous reste plus maintenant que la X-21. D'ailleurs, si vous aviez suivi mes conseils, vous auriez conclu l'affaire l'an dernier.

M. Huppert ne semblait pas encore tout à fait remis de cette brève passe d'armes. Il était encore pâle, et je m'aperçus que ses lèvres tremblaient légèrement. Il répondit les yeux baissés, sur la défensive, cet idiot de M. Huppert, on aurait dit qu'il faisait exprès de gâcher complètement une soirée qui jusque-là s'était maintenue dans un équilibre des plus précaires.

— Mais ce n'est pas possible…, bredouilla-t-il, vous comprenez, Monsieur Delatour, il ne s'agit pas d'un caprice de ma part, je veux dire, c'est quelque chose…

Comme je m'y attendais, M. Delatour perdit tout à fait son calme : le sang lui monta au visage, les muscles de son cou se tendirent. Avec son entêtement ridicule, M. Huppert avait réussi à gâcher la soirée.

— C'est quelque chose… ? dit M. Delatour en essayant de se contrôler, c'est quelque chose de quoi… ?

— Disons que cela provoque des altérations cellulaires, dit M. Huppert.

— Oh, murmura d'un air désolé M. Delatour, le progrès comporte des risques, cher Monsieur Huppert, vous ne croyez pas ? La civilisation se paie toujours d'une manière ou d'une autre. On ne passe pas impunément de l'âge des cavernes au réfrigérateur.

M. Huppert ne disait rien, fixant obstinément la mousse d'ananas qu'il avait laissée. Il y eut un long moment de silence, troublé par le seul crépitement du feu dans la cheminée.

M. Delatour reprit sur un ton conciliant, presque avec bonhomie : on aurait dit qu'il s'adressait à un enfant qui a fait une bêtise sans le faire exprès.

— Et d'ailleurs, laissez-moi vous dire que ce n'est pas avec vos méthodes que l'on conquiert le marché. Loin de moi l'idée de vouloir vous apprendre votre métier, mais tout de même, il y a des produits que l'on ne peut pas prétendre placer en les accompagnant de leur certificat de garantie. Combien d'autres fois avez-vous porté à ces pauvres gens les merveilleux produits de notre société sans inscrire dessus des traités d'éthique ? Il faut du tact, vous me comprenez, de la subtilité… Cherchez un nom plus inoffensif… et conventionnel, voilà tout, et attirant si possible. Ce sont des primitifs, faites-moi confiance, Monsieur Huppert, les primitifs aiment les noms poétiques, légendaires, sans compter que s'il doit rester quelque chose, il vaut mieux que ce soit, comment dire ?… un pseudonyme.

Il jeta un coup d'œil autour de lui et son regard se posa sur la cheminée, sur Mme Huppert qui regardait le feu, sur moi qui le fixais, sur le champagne, sur l'Ikebana au milieu de la table.

— Par exemple, dit-il à voix basse d'un ton insinuant, comme quelqu'un qui vient d'avoir une excellente idée, par exemple, commencez par leur vendre pour quelques millions de dollars de « Paradis céleste ».

C'est à ce moment-là précisément que Giuseppe entra pour demander s'il devait servir le café.

— Dans quelques instants, dit Madame, nous le prendrons près du feu.

Voix

Le premier appel que j'avais pris venait d'une
fille qui téléphonait pour la troisième fois en trois
jours et répétait sans arrêt qu'elle n'en pouvait
plus. Dans de nombreux cas, il faut être très pru-
dent, à cause du risque de psychodépendance. Il
convient d'être gentil, mais avec circonspection,
celui qui appelle doit sentir qu'au bout du fil il y a
un ami et non un deus ex machina duquel
dépendrait sa vie. De plus la règle principale est
de veiller à ce que celui qui appelle ne s'attache
pas à une voix en particulier, sinon cela crée des
situations difficiles. Cela arrive très facilement
avec les dépressifs, ils ont besoin d'un confident
personnalisé, ils ne se contentent pas d'une voix
anonyme, ils veulent que ce soit *cette* voix-là précisément et ils s'attachent à elle désespérément.
Mais avec les dépressifs d'un certain type, ceux

qui ont une idée fixe et en font un véritable mur autour d'eux, c'est après que la chose se complique. Ils vous parlent de manière glaciale, il est rare d'arriver à établir un contact. Cette fois-ci pourtant, ça s'est bien passé, parce que j'ai eu la chance de découvrir quelque chose qui l'intéressait. En effet une autre des règles de base, valable dans la plupart des cas, est d'orienter la conversation sur un sujet qui intéresse celui qui appelle, parce que tout le monde s'intéresse à quelque chose, même les plus désespérés, même ceux qui sont le plus détachés de la réalité. La plupart du temps, cela dépend de la bonne volonté que nous y mettons, il ne faut pas hésiter à recourir à de petites ruses, à des trucs ; je suis parfois arrivée à débloquer des situations qui paraissaient désespérées grâce à un petit jeu qui se fait avec un verre, et je suis parvenue à établir au moins un début de communication. Supposons que le téléphone sonne, vous décrochez, vous dites la formule habituelle ou quelque chose du même genre, et à l'autre bout du fil, rien, le silence le plus absolu, pas même un soupir. Alors vous insistez, vous essayez d'avoir du tact, vous dites à l'autre que vous savez qu'il vous écoute, qu'il dise au moins quelque chose, ce qu'il veut, ce qui lui passe par la tête : une absurdité, une injure, un cri, une syllabe. Rien, le silence total. Et pourtant, si cette personne a appelé, c'est qu'il y a une raison, mais vous ne pouvez pas savoir ce que c'est, vous ne savez rien, ça peut être un étranger, ça peut être un sourd, ça peut être n'importe qui. Alors moi je prends un verre et un crayon et je dis : écoutez-moi, sur cette terre nous sommes des millions et des millions, et pourtant nous nous sommes rencontrés tous les deux, par téléphone seulement, c'est vrai, sans nous voir et sans nous connaître, mais nous nous sommes tout de même rencontrés, ne laissons pas perdre cette rencontre, elle a forcément un sens, écoutez, nous allons faire un jeu : moi, ici, devant moi j'ai un verre, je le fais tinter avec un crayon, *cling*, vous m'entendez ? si vous m'entendez, faites la même chose, deux coups, si vous n'avez rien devant vous, il vous suffit de donner un coup sur l'écouteur avec l'ongle, comme ça, *toc-toc*, vous m'entendez ? si vous m'entendez, répondez, je vous en prie, écoutez, maintenant je vais essayer d'énumérer des choses, ce qui me passe par la tête, et vous, vous me dites si ça vous plaît, par exemple est-ce que vous aimez la mer ? pour dire oui, frappez deux coups, un coup seul ça veut dire non.

Mais allez comprendre ce qui peut intéresser une gamine qui fait le numéro, ne dit rien pendant presque deux minutes, et puis se met à répéter : je n'en peux plus, je n'en peux plus, je n'en peux plus. Comme ça, sans arrêt. Ça s'est passé tout à fait par hasard, parce que juste avant j'avais mis un disque, je m'étais dit de toute façon

le quinze août, il n'y aura pas grand monde ; et
effectivement j'avais pris mon tour de garde
depuis plus de deux heures et personne n'avait
encore appelé. Il faisait une chaleur terrible, le
petit ventilateur que j'avais apporté ne rafraîchis-
sait pas du tout l'air, on aurait dit que la ville était
morte, ils étaient tous partis, tous en vacances,
alors je me suis installée dans un fauteuil et je
me suis mise à lire, mais le livre m'est tombé des
mains, et je n'aime pas m'endormir quand je suis
de garde, parce que j'ai des réflexes lents et que
si quelqu'un appelle à ce moment-là je reste surprise pendant quelques secondes, et quelquefois
ce sont justement ces premières secondes qui
comptent parce que celui qui appelle risque de
raccrocher, et ensuite, qui sait s'il aura envie de
refaire le numéro. C'est pourquoi j'ai mis en
sourdine la *Marche turque* de Mozart, c'est une
musique gaie qui a quelque chose de stimulant
et vous soutient le moral. Elle a téléphoné pendant que le disque passait, elle n'a rien dit pendant quelques minutes et puis elle a commencé à
répéter qu'elle n'en pouvait plus, moi je l'ai laissée dire parce que dans ces cas-là il faut que celui
qui appelle se défoule, qu'il dise tout ce qu'il
veut, et autant de fois qu'il le veut. Quand je n'ai
plus entendu dans l'écouteur que sa respiration
haletante, j'ai dit : attends un instant, veux-tu,
j'arrête le disque, et elle a répondu : mais non,
tu peux le laisser. Bien sûr, ai-je dit, je le laisse si

tu veux, tu aimes Brahms? Je ne sais pas comment je m'étais doutée que la musique pouvait fournir une possibilité de communication, l'idée m'est venue spontanément, un petit mensonge arrange bien les choses quelquefois; en ce qui concerne Brahms, ce qui a sans doute joué inconsciemment, c'est le titre du roman de Françoise Sagan, un titre que tout le monde a au fond de la mémoire. Mais ce n'est pas du Brahms, a-t-elle dit, c'est du Mozart. Mozart, vraiment? ai-je répliqué. Mais oui, a-t-elle dit vivement, c'est la *Marche turque* de Mozart. Et, grâce à cela, elle a commencé à parler du conservatoire, où elle était élève avant que cette chose ne lui arrive, et ensuite tout s'est très bien passé.

Puis le temps a passé lentement. J'ai entendu sonner sept heures au clocher de Saint-Dominique, je me suis mise à la fenêtre, il y avait sur la ville une légère brume de chaleur, de rares voitures passaient dans les rues. Je me suis refait les cils — quelquefois je me trouve assez mignonne —, puis je me suis allongée sur le petit divan à côté du tourne-disque et j'ai pensé aux choses, aux gens, à la vie. Le téléphone a sonné de nouveau à sept heures et demie. J'ai prononcé la formule habituelle, avec peut-être une pointe de lassitude, à l'autre bout de la ligne il y a eu une brève hésitation, puis la voix a dit: je m'appelle Constant, mais je ne suis pas un participe présent. Il est de règle d'apprécier les plaisanteries de la personne qui appelle, elles laissent deviner le désir d'établir un contact, alors j'ai ri. J'ai répondu que j'avais une grand-mère qui s'appelait Ira, mais elle n'avait rien d'un futur, elle était d'origine russe, c'est tout ; et lui aussi il s'est mis à rire un peu. Et puis il a dit que de toute façon il avait quelque chose en commun avec les verbes, qu'il avait une de leurs propriétés. Qu'il était intransitif. Tous les verbes servent à construire une phrase, ai-je dit. Il me semblait que la conversation permettait de parler par allusions, et de toute façon il faut toujours adopter le registre choisi par celui qui appelle. Mais moi je suis déponent, a-t-il dit. Déponent en quel sens ? Dans ce sens que je dépose, a-t-il dit, que je dépose les armes[1]. Peut-être l'erreur était-elle de penser que les armes ne devaient pas être déposées, n'était-il pas d'accord ? peut-être qu'on lui avait enseigné une grammaire fausse, il valait mieux laisser les armes à ceux qui font la guerre, il y avait tellement de gens désarmés, il pouvait être sûr de trouver de la compagnie. Il a dit : c'est possible, et je lui ai fait remarquer que notre conversation ressemblait à un tableau de conjugaison, et cette fois-ci, c'est lui qui s'est mis à rire, d'un rire bref et âpre. Et alors il m'a demandé si je connaissais

---

1. *Déponent* a en italien un double sens : *déponent* au sens grammatical, mais aussi *déposant*, du verbe *déposer*. (*N.d.T.*)

le bruit du temps. Non, ai-je dit, je ne le connais
pas. Très bien, a-t-il fait, il suffit de s'asseoir sur
le lit, la nuit, quand on n'arrive pas à dormir, et
de rester les yeux ouverts dans le noir, et au bout
d'un petit moment on l'entend, c'est comme un
mugissement dans le lointain, comme l'haleine
d'un animal qui dévore les gens. Pourquoi est-ce
qu'il ne me parlait pas un peu mieux de ces
nuits, il avait tout le temps, et moi je n'avais rien
d'autre à faire que l'écouter. Mais il était déjà
ailleurs, il avait sauté une liaison logique qui
m'était indispensable pour suivre le fil de son
histoire ; lui, il n'avait pas besoin de ce passage,
ou peut-être préférait-il l'éviter. Mais je l'ai laissé
parler, il ne faut jamais interrompre les gens,
sous aucun prétexte, et puis sa voix ne me plaisait pas, elle était légèrement stridente, et parfois
au contraire ressemblait à un chuchotement. La
maison est très grande, a-t-il dit, c'est une vieille
maison, elle est pleine des meubles de mes
ancêtres, des meubles horribles, de style Empire,
avec des pieds sculptés ; et puis des tapis usés et
des tableaux d'hommes bourrus et de femmes
altières et malheureuses, dont la lèvre inférieure
s'affaisse légèrement. Savez-vous pourquoi leur
bouche a cette forme curieuse ? c'est parce que
l'amertume de toute une vie se dessine sur la
lèvre inférieure et lui donne cette forme tom-
bante, ces femmes ont passé des nuits d'insomnie à côté de maris stupides et incapables de

tendresse, et ces femmes, elles aussi, restaient là,
avec les yeux ouverts dans le noir, à broyer leur
ressentiment. Dans la garde-robe qui est à côté
de ma chambre, il y a encore ses affaires, ce
qu'elle a laissé : un peu de lingerie usée sur un
tabouret, une petite chaîne en or qu'elle portait
au poignet, une barrette en écaille. La lettre est
sur la commode, sous la cloche de verre qui
protégeait autrefois une énorme pendule de
Bâle, cette pendule, c'est moi qui l'ai cassée
quand j'étais enfant, un jour que j'étais malade ;
personne ne montait me voir, je m'en souviens
comme si c'était hier, je me suis levé et j'ai sorti
la pendule de sa cloche, elle avait un tic-tac
épouvantable, j'ai enlevé le fond et je l'ai
démontée méthodiquement jusqu'à ce que le
drap soit couvert de tous les minuscules engre-
nages. Si vous voulez, je peux vous la lire, sa
lettre je veux dire, ou plutôt je vous la dis de
mémoire, je la lis tous les soirs : Constant, si tu
savais seulement combien je t'ai haï pendant
toutes ces années... Elle commence comme ça,
le reste, vous pouvez le deviner toute seule, la
cloche de verre renferme une haine massive et
comprimée.

Et puis il a encore sauté un passage, mais
cette fois j'ai eu l'impression de comprendre la
transition, il a dit : et maintenant, à quoi peut
bien ressembler Giacomino ? Qu'est-ce qu'il est
devenu ? C'est un homme, quelque part dans le

monde. Alors je lui ai demandé si cette lettre
était datée du quinze août, parce que je le pres-
sentais, et il a dit que oui, que c'était précisément l'anniversaire et qu'il allait le célébrer
comme il convenait, que l'instrument de la célé-
bration était déjà prêt, qu'il était là, sur la table,
à côté du téléphone.

Il s'est tu, et moi j'ai attendu qu'il se remette à
parler, mais il ne parlait plus. Alors j'ai dit : atten-
dez un autre anniversaire, Constant, essayez
d'attendre encore un an. Je me suis rendu
compte tout de suite que ma phrase était ridicule, mais à cet instant-là rien d'autre ne me
venait à l'esprit, j'ai parlé pour parler, et au
fond ce qui comptait c'était le sens profond de
la phrase. J'ai entendu beaucoup d'appels télé-
phoniques, de tous les genres, avec les situations
les plus absurdes, et pourtant c'est peut-être à ce
moment-là précisément que mon savoir-faire
habituel a chancelé, et moi aussi je me suis sentie
perdue, comme si j'avais besoin que quelqu'un
d'autre prenne le temps de m'écouter et me dise
de bonnes paroles. Ça n'a duré qu'un instant, il
n'a pas répondu, je me suis reprise tout de suite,
je savais ce que j'allais pouvoir lui dire maintenant, j'allais lui parler des microperspectives, et
j'ai parlé des microperspectives. Car dans la vie il
y a beaucoup de sortes différentes de perspectives, les soi-disant grandes perspectives, que
tout le monde considère comme fondamentales,

et celles que moi j'appelle les microperspectives, qui sont peut-être insignifiantes, je l'admets, mais si tout est relatif, si la nature fait coexister les aigles et les fourmis, pourquoi ne pourrait-on pas vivre comme les fourmis, avec des microperspectives, je vous le demande. Oui, des microperspectives, ai-je insisté, et il a trouvé ma définition amusante, mais en quoi pourraient consister ces microperspectives, m'a-t-il demandé, et je me suis mise à lui expliquer la chose en détail. La microperspective est un *modus vivendi*, vous me suivez, appelons ça comme ça, c'est une façon de concentrer son attention, *toute* son attention, sur un petit détail de la vie, du train-train quotidien, comme si ce détail était la chose la plus importante du monde ; mais en le faisant avec une certaine ironie, en sachant que ce n'est pas du tout la chose la plus importante du monde et que tout est relatif. Ce qui aide, c'est de faire des listes, de se faire des pense-bêtes, de s'imposer des horaires rigides. La microperspective est une façon concrète de s'attacher à des choses concrètes.

Il ne m'a pas paru très convaincu, mais mon objectif n'était pas de convaincre. Je me rendais bien compte que ce que je révélais là n'était pas le secret de la pierre philosophale. Et pourtant le seul fait qu'il ait senti que quelqu'un pouvait s'intéresser à ses problèmes, cela devait tout de même servir à quelque chose. C'était tout ce que je pouvais faire. Il m'a demandé s'il pouvait me téléphoner chez moi. Désolée, je n'avais pas le téléphone. Et ici? Ici, bien entendu, quand il voulait, non pas demain, malheureusement, mais il pouvait sans problème laisser un message, et même il devait le faire, il y aurait à ma place un autre ami qui me transmettrait son message, je serais contente de savoir quelle avait été la micro-perspective de sa journée.

Il a pris congé de façon très courtoise, sur un ton qui semblait exprimer des excuses. Le soir était tombé et je ne m'en étais pas aperçue, certaines conversations exigent parfois une concentration incroyable. Par la fenêtre j'ai vu Gulliver qui traversait la rue pour prendre la relève. Gulliver, on le verrait du haut d'un gratte-ciel, ce n'est pas pour rien qu'on l'appelle Gulliver. J'ai rassemblé toutes mes affaires et je me suis préparée à sortir. C'est seulement à ce moment-là que je me suis rendu compte qu'il était neuf heures moins dix, zut, j'avais promis à Paco qu'à neuf heures sonnantes je serais à la maison, et maintenant, même en me dépêchant, je ne serais pas arrivée avant neuf heures et demie. Et puis, avec ces transports en commun qui sont une calamité les jours normaux, vous pouvez vous imaginer ce que c'est le quinze août. Peut-être valait-il mieux, au fond, que je m'en aille à pied. Je suis passée à côté de Gulliver comme une flèche, sans lui laisser le temps de me dire

bonjour, il m'a crié une plaisanterie, je lui ai
répondu en dévalant les marches que j'avais un
rendez-vous et que la prochaine fois il avait intérêt à arriver à l'heure, que je lui laissais le ventilateur, et pourtant il ne le méritait pas. Sans le
faire exprès, à peine sortais-je du porche que j'ai
vu le 32 qui débouchait au coin de la rue, bon,
même s'il ne m'amène pas jusque chez moi, il
me fait gagner une bonne partie du trajet, alors
je me suis jetée dedans. Il était complètement
vide, c'est impressionnant, le 32 vide à ce point,
quand on sait comment il est d'habitude. Le
chauffeur allait tellement lentement que j'ai
failli lui dire quelque chose, mais j'ai laissé tomber, il avait l'air tellement résigné, avec ses yeux
éteints. Bah, je me suis dit, si Paco se met en
colère, tant pis pour lui, je n'ai pas des ailes. Je
suis descendue à l'arrêt qui est devant les grands
magasins, j'ai marché vite, mais il était déjà neuf
heures vingt-cinq, ce n'était pas la peine que je
me mette à courir pour arriver en retard de
toute façon, tout en sueur et essoufflée comme
une désespérée. J'ai glissé la clef dans la serrure
en essayant de faire doucement. La maison était
sombre et silencieuse, ça m'a impressionnée, j'ai
pensé à quelque chose de désagréable, qui sait
pourquoi, et je me suis laissée submerger par
l'angoisse. J'ai dit : Paco, Paco, c'est moi, je suis
rentrée. Pendant un instant j'ai été envahie par
un sentiment de malaise. J'ai posé mes livres et

mon sac sur le tabouret de l'entrée et je suis allée jusqu'à la porte du salon. Paco, Paco, ai-je dit machinalement. Le silence est parfois quelque chose d'atroce. Je sais ce que j'aurais eu envie de lui dire, s'il avait été là : je t'en prie Paco, lui aurais-je dit, ce n'est pas de ma faute, j'ai eu un appel qui n'en finissait pas, et aujourd'hui il n'y a que la moitié des bus qui circulent, c'est le quinze août. Je suis allée fermer la petite terrasse, derrière, parce qu'il y a des moustiques dans le jardin et qu'ils entrent par essaims dès qu'ils voient de la lumière. Je me suis souvenue qu'il restait dans le frigo une boîte de caviar et une de pâté, il m'a semblé que c'était le moment de les ouvrir, et aussi de déboucher une bouteille de vin de Moselle. J'ai mis le couvert avec les sets de lin jaune et j'ai posé une bougie rouge sur la table. Les meubles de ma cuisine sont en bois clair, et avec la lumière de la bougie cela donne une atmosphère réconfortante. Tout en préparant le repas, j'ai encore appelé faiblement : Paco. Avec une cuillère j'ai donné un petit coup sur un verre, *cling*, puis j'ai tapé plus fort, *cling !*, le son a résonné dans toute la maison. Et puis tout à coup j'ai eu une idée. En face de mon assiette j'ai mis un autre set, une assiette, les couverts, et un verre. J'ai rempli les verres et je suis allée à la salle de bains me refaire une beauté. Et si par hasard il était revenu pour de bon ? Quelquefois la réalité dépasse l'imagination. Il aurait sonné deux coups énergiques et brefs, comme il en avait l'habitude, j'aurais entrouvert la porte d'un air complice : j'ai mis le couvert pour deux, lui aurais-je dit, je t'attendais, je ne sais pas pourquoi mais je t'attendais. Qui sait quelle tête il aurait fait.

Le chat du Cheshire

1

Ce qui après tout n'était pas vrai. Disons plutôt une appréhension, bien que l'appréhension ne soit qu'un symptôme. Conclusion… Mais de la peur, non, se dit-il, quelle idiotie, l'émotion, tout simplement. Il ouvrit la fenêtre et s'appuya pour regarder. Le train ralentissait. La marquise de la gare tremblait dans l'air torride. Une chaleur excessive, mais quand pourrait-il faire chaud, si ce n'est en juillet ? Il lut le panneau Civitavecchia, tira le rideau, entendit des voix, puis le sifflet du chef de gare et le claquement des portières. Il pensa que peut-être personne n'entrerait dans le compartiment s'il faisait semblant de dormir, ferma les yeux et se dit : je ne veux pas y penser. Et puis il se dit : il faut que j'y pense, cette chose-là n'a aucun sens. Mais au fait, est-ce que les choses ont un sens ? Peut-être que oui, mais c'est un sens caché, on le comprend après, beaucoup plus tard, ou alors on ne le comprend pas, mais elles ont quand même un sens : un sens qui leur appartient, bien sûr, qui parfois ne nous concerne pas, même si nous croyons le contraire. Par exemple, le coup de téléphone. « Bonjour Chat, c'est moi, Alice, je suis revenue, je ne peux pas t'expliquer maintenant, je n'ai que deux minutes pour te laisser un message. » (Quelques secondes de silence.) « ... Il faut que je te voie, il faut absolument que je te voie, c'est ce que je souhaite le plus en cc moment, je n'ai pas cessé d'y penser pendant toutes ces années. » (Quelques secondes de silence.) « Comment vas-tu, Chat, tu as toujours cette façon de rire bien à toi ? Excuse-moi, la question est idiote, mais c'est tellement difficile de parler quand on sait qu'on est enregistré, il faut que je te voie, c'est très important, je t'en prie. » (Quelques secondes de silence.) « Après-demain, le quinze juillet, à quinze heures, gare de Grosseto, je t'attendrai sur le quai, tu as un train qui part de Rome vers treize heures. » Clic.

Et voilà, on rentre chez soi, et on trouve un message comme ça sur le répondeur. Après tant de temps. Tout a été englouti par les années : cette époque-là, cette ville, les amis, tout. Et le mot chat lui-même, englouti lui aussi par les années, qui vient affleurer à la mémoire en même temps que le sourire que ce chat traînait toujours avec lui, parce que c'était le sourire du chat du Cheshire. Alice au pays des merveilles.

C'était une époque de merveilles. Mais est-ce que ça l'était vraiment? Elle, elle était Alice, et lui, le chat du Cheshire: tout ça, c'était un jeu, une belle histoire. Mais entre-temps le chat avait disparu, tout à fait comme dans le livre. Peut-être que le sourire était resté, mais rien que le sourire, sans le visage qui commandait ce sourire. Le temps passe et dévore les choses, aussi ne reste-t-il peut-être d'elles que l'idée. Il se leva et se regarda dans la glace accrochée au-dessus du siège du milieu. La glace lui renvoya l'image d'un homme de quarante ans, visage maigre et petites moustaches blondes, qui faisait un sourire forcé et embarrassé, comme tous les sourires que l'on fait à une glace: finie la malice, fini le jeu, fini l'air de se moquer de la vie. Rien à voir avec le chat du Cheshire.

La dame entra dans le compartiment d'un air gêné. C'est libre? Bien sûr que c'était libre, le compartiment était vide. C'était une dame âgée, elle avait des reflets bleus dans ses cheveux blancs. Elle sortit un tricot et se mit à tricoter. Elle portait des lunettes à demi-verre retenues par une chaîne, on aurait dit qu'elle sortait d'une publicité télévisée. Vous allez à Turin, vous aussi? demanda-t-elle tout de suite. Questions que l'on pose dans les trains. Il répondit que non, qu'il s'arrêtait avant, mais il ne dit pas le nom de la gare. Grosseto. Quel sens cela avait-il? Et puis pourquoi Grosseto, que pouvait bien faire Alice à Grosseto, pourquoi est-ce qu'elle l'avait fait venir là ? Il sentit que son cœur battait plus vite et il pensa de nouveau à la peur. Mais peur de quoi ? C'est de l'émotion, se dit-il, de quoi aurais-je peur, allons, de quoi aurais-je peur ? Du temps, chat du Cheshire, du temps qui a tout fait évaporer, y compris ton beau petit sourire de chat d'Alice au pays des merveilles. Et maintenant la revoilà, son Alice des merveilles, le quinze juillet à quinze heures, c'est bien dans son style, des chiffres pareils, elle qui aimait jouer avec les nombres et collectionnait mentalement des dates absurdes. Par exemple : *Excuse-moi, Chat, ce n'est plus possible. Je vais t'écrire pour tout t'expliquer. Le 10/10 à 10 heures (deux jours avant la découverte de l'Amérique). Alice.* C'était son message d'adieu, elle l'avait laissé sur la glace de la salle de bains. La lettre était arrivée presque un an après, elle expliquait tout en long et en large, mais en fait elle n'expliquait rien du tout, elle disait seulement le déroulement des choses, leur mécanique superficielle. C'est pour cette raison qu'il l'avait jetée. Le petit mot, au contraire, il le gardait encore dans son portefeuille. Il le sortit et le regarda. Il était jauni aux pliures et avait fini par se déchirer au milieu.

2

Il aurait aimé ouvrir la fenêtre, mais peut-être la dame allait-elle protester. D'ailleurs une petite plaque métallique priait de ne pas ouvrir pour ne pas contrarier l'effet de l'air conditionné. Il se leva et alla dans le couloir. Il eut le temps d'entrevoir la tache claire des maisons de Tarquinia avant que le train n'entame lentement un virage. Chaque fois qu'il passait à Tarquinia, il pensait à Cardarelli. Et puis au fait que Cardarelli était le fils d'un cheminot. Et puis au poème *Ligurie*. Certains souvenirs scolaires sont longs à s'effacer. Il rentra dans le compartiment et prit son sac de voyage. Dans le cabinet de toilette, il se vaporisa du déodorant sous les bras et changea de chemise. Peut-être pouvait-il aussi se raser, comme ça, histoire de passer le temps. Il n'en avait pas vraiment besoin, mais peut-être cela lui donnerait-il l'air plus frais. Il avait pris sa trousse de toilette et son rasoir électrique, il n'avait pas eu le courage de se l'avouer, mais c'était pour le cas où il passerait la nuit dehors. Il se contenta de se raser à contre-poil, très soigneusement, puis il s'aspergea d'after-shave. Ensuite il se lava les dents et se donna un coup de peigne. Tout en se peignant, il esquissa un sourire, il lui sembla que ça allait mieux maintenant, ce n'était plus le sourire un peu hébété qu'il s'était fait un moment auparavant. Il se dit : il faut que tu fasses des hypothèses. Mais il n'avait pas envie de les faire mentalement, elles se chevauchaient dans sa tête sous forme de mots, elles s'embrouillaient et se mélangeaient, impossible d'y arriver.

Il retourna dans le compartiment. Sa compagne de voyage s'était endormie, le tricot sur les genoux. Il s'assit et sortit un carnet. En s'appliquant, il pouvait imiter de façon assez approchante l'écriture d'Alice. Il eut l'idée d'écrire un petit mot semblable à l'un de ceux qu'elle aurait pu lui écrire, avec ses hypothèses absurdes. Il écrivit : *Stephen et la petite sont morts dans un accident de voiture dans le Minnesota. Je ne peux plus vivre en Amérique. Je t'en prie, Chat, console-moi dans ces moments affreux.* Hypothèse tragique, avec une Alice ravagée par la douleur qui a compris le sens de la vie grâce à un terrible coup du sort. Ou bien une Alice décontractée et désinvolte, avec une pointe de cynisme : *La vie était devenue infernale, une prison insupportable, c'est Stephen qui s'occupera de la petite, c'est un grand enfant, ils sont faits sur le même modèle, adieu l'Amérique.* Ou alors un petit mot à mi-chemin entre le pathétique et le sentimental, du style roman à l'eau de rose : *Malgré tout ce temps passé tu n'as jamais quitté mon cœur. Je ne peux plus vivre sans toi. Ton esclave qui t'adore. Alice.*

Il détacha le feuillet du carnet, en fit une boulette qu'il jeta dans le cendrier. Il regarda par la fenêtre et vit un vol d'oiseaux qui se reflétait sur

un plan d'eau. Le train avait déjà dépassé Orte-
bello, donc ça c'était l'Alberese. Il n'y avait plus
que dix minutes avant d'arriver à Grosseto. Il
sentit de nouveau son cœur se soulever, et
éprouva une espèce de panique, comme quand
on s'aperçoit qu'on est en retard. Mais le train
était exactement à l'heure, lui il était dedans,
donc lui aussi était à l'heure. Sauf qu'il ne s'attendait pas à être si près d'arriver, il était en
retard avec lui-même. Dans son sac, il avait une
veste en lin et une cravate, mais il lui sembla
ridicule de descendre du train tout élégant, la
chemise suffisait bien, et puis d'ailleurs, avec
cette chaleur… Le train fit un écart à un aiguil-
lage et le wagon oscilla. Le dernier wagon bouge
toujours plus que les autres, c'est toujours un peu
désagréable, mais à la gare de Termini il n'avait
pas eu envie de faire toute la longueur du quai et
il s'était jeté dans le dernier wagon, espérant
aussi qu'il y aurait moins de monde dedans. Sa
compagne de voyage hocha la tête de manière
affirmative, on aurait dit qu'elle voulait lui mani-
fester son approbation, mais c'était seulement
l'effet du balancement du train, car elle continua
à dormir tranquillement.

Il remit le carnet à sa place, arrangea la veste
qui s'était légèrement froissée, se donna encore
un coup de peigne, et tira le zip de la fermeture.
Par la fenêtre du couloir il vit les premières
constructions de Grosseto et le train commença

à ralentir. Il essaya d'imaginer l'aspect que pouvait avoir Alice, mais il était désormais trop tard pour ces hypothèses, il aurait pu les faire plus tôt, il aurait peut-être mieux occupé son temps. Les cheveux, pensa-t-il, comment porte-t-elle les cheveux ? Elle les avait longs, mais peut-être qu'elle les a fait couper, c'est même sûr qu'elle les a fait couper, on ne porte plus les cheveux longs maintenant. La robe, il l'imagina blanche, qui sait pourquoi.

3

Le train entra en gare et s'arrêta. Il se leva et baissa le rideau. À travers le mince interstice qui restait il jeta un coup d'œil dehors, mais il était trop loin de la marquise, il ne voyait rien. Il prit la cravate et la noua calmement, puis il mit la veste. Il se regarda dans la glace et se sourit longuement. C'était mieux comme ça. Il entendit le sifflet du chef de gare et le bruit des portières que l'on refermait. Alors il remonta le rideau et se mit à la fenêtre. Le quai commença à filer lentement le long du train qui s'ébranlait, et il se pencha pour voir les gens. Les voyageurs qui étaient descendus du train étaient en train de disparaître dans le passage souterrain, sous l'auvent de la gare il y avait une petite vieille vêtue de sombre qui tenait un enfant par la main, un porteur assis sur son chariot, et un marchand de glace avec une veste blanche et sa glacière portative en bandoulière. Il pensa que ce n'était pas possible. Ce n'était pas possible qu'elle ne soit pas là, avec ses cheveux courts et une robe blanche. Il courut dans le couloir pour se pencher à l'autre fenêtre, mais le train était désormais hors de la gare et prenait de la vitesse, il eut seulement le temps de voir le panneau Grosseto qui s'éloignait. Ce n'est pas possible, pensa-t-il encore, elle était dans le bar. Elle n'a pas supporté la chaleur et elle est allée dans le bar, de toute façon elle était sûre que j'allais arriver. Ou alors elle était dans le passage souterrain, appuyée contre le mur, avec son air absent et en même temps ébahi d'Alice au pays des merveilles, comme toujours, les cheveux longs et un peu ébouriffés, et avec les sandales bleues qu'il lui avait offertes ce jour où ils étaient allés à la mer, et elle lui aurait dit : je me suis habillée comme ça, comme autrefois, pour te faire plaisir.

Il parcourut le couloir à la recherche du contrôleur. Il était dans le premier compartiment en train de ranger des papiers : de toute évidence, il venait de prendre son service et n'avait pas encore commencé à contrôler les billets. Il s'arrêta devant lui et lui demanda à quelle heure il y avait un train qui revenait en arrière. Le contrôleur le regarda avec une expression légèrement perplexe et demanda : en arrière

vers où? En sens contraire, dit-il, vers Rome. Le
contrôleur se mit à feuilleter l'indicateur horaire.
Il y en aurait un à Campiglia, mais je ne sais pas si
vous arriverez à temps pour l'attraper, ou alors…
Il regarda l'indicateur de manière plus attentive
et demanda: voulez-vous prendre un express ou
bien un omnibus vous suffit-il? Lui réfléchit un
instant sans répondre. Cela n'a pas d'importance, dit-il, vous me le direz plus tard, ce n'est
pas pressé.

Vagabondage

1

Quelquefois ça commençait comme ça, par un bruit imperceptible qui ressemblait à une petite musique ; et aussi par une couleur, une tache qui prenait naissance dans les yeux et s'élargissait sur le paysage, et revenait ensuite envahir les yeux et des yeux passait à l'âme : l'indigo, par exemple L'indigo avait un son de hautbois, et parfois de clarinette, les jours heureux. Par contre le jaune avait le son de l'orgue.

Il regardait les files de peupliers qui émergeaient du matelas de brouillard comme les tuyaux d'un orgue et il vit sur eux la musique jaune du soleil couchant, avec quelques notes dorées. Le train roulait dans la campagne, l'horizon n'était qu'une ligne incertaine qui apparaissait et disparaissait entre les nappes de brouillard. Il aplatit son nez contre la fenêtre, puis avec son index il écrivit sur la buée qui couvrait la vitre : indigo, dans le violet de la nuit. Quelqu'un lui toucha l'épaule et il sursauta.

— Je vous ai fait peur ? dit un homme.

C'était un monsieur âgé, corpulent, qui portait une chaîne d'or sur le gilet. Il avait une expression surprise et désolée en même temps.

— Excusez-moi, je ne pensais pas…

— Oh, ce n'est pas grave, dit-il, en effaçant vite avec sa main les mots écrits sur la vitre.

L'homme se présenta en disant d'abord son nom de famille. C'était un maquignon de Borgo Panigale.

— Je vais à la foire de Modène, dit-il, et vous, vous allez loin ?

— Je ne sais pas, répondit-il, je ne sais pas où va ce train.

— Et alors, pourquoi l'avez-vous pris, demanda l'homme avec logique, si vous ne savez même pas où il va ?

— Pour voyager, répondit-il, parce que les trains voyagent.

Le Maquignon rit et sortit un cigare. Il l'alluma et souffla la fumée.

— Bien sûr que les trains voyagent, et nous, nous voyageons dedans. Et vous, quel est votre nom ?

— Je m'appelle Dino.

— C'est un beau prénom. Et ensuite ?

— Ensuite quoi ?

— Votre nom de famille ?

— Artista.

— Comme nom de famille ?

— Oui, Artista. Monsieur Dino Artista.

— C'est un nom curieux, je ne l'avais jamais entendu.

— C'est moi qui l'ai inventé, c'est un pseudo-nyme.

— C'est-à-dire ?

— C'est-à-dire un nom d'artiste. Et comme c'est un nom d'artiste, j'ai choisi Artista.

— Alors vous êtes artiste ?

— Exactement, dit-il.

Et il écrivit sur la buée de la vitre : Dino Artista.

— Et vous êtes artiste de quoi ? de variétés ?

— De tout, de tout. Jongleur surtout, et aussi acrobate. Je viens d'avoir une idée pour une acrobatie, je la ferai un de ces jours, tôt ou tard, j'irai en Amérique.

— Pour être acrobate ?

— Non, j'irai en tram, c'est ça l'acrobatie.

— En tram ? On ne peut pas aller en tram en Amérique, il y a la mer.

— On peut, on peut, dit-il, c'est difficile mais c'est possible.

— Ah oui ? dit le Maquignon, et comment on fait ?

— La magie, dit-il, la magie de l'art.

Puis il changea brusquement de conversation et regarda autour de lui avec circonspection.

— Le contrôleur n'est pas encore passé, n'est-ce pas ?

Le Maquignon fit non de la tête et comprit tout de suite.

— Vous n'avez pas de billet, jeune homme, c'est ça ?

Il acquiesça d'un signe de tête, et baissa les yeux comme s'il avait honte.

— Il faut que je m'enferme dans les toilettes, au moins jusqu'à ce qu'il soit passé.

Le Maquignon rit.

— Nous arrivons à Modène, dit-il, si tu veux descendre avec moi, je t'offre un repas chez *Les Frères Molinari*.

2

Le Maquignon n'en finissait pas de parler, c'était un homme jovial, il était content d'aller en fiacre, de donner des ordres au cocher, de prendre ce ton hospitalier d'homme généreux, on voyait que cela lui faisait plaisir. Il dit au cocher de passer par le centre, parce qu'il voulait montrer à son invité la Ghirlandina : on ne peut pas aller à Modène sans voir la cathédrale et la tour. Et de sa main gantée, il montrait par la fenêtre les beautés de la ville, en les présentant avec des commentaires banals d'homme sans instruction, mais sur un ton chaleureux d'homme qui aime les choses et les gens.

— Ça, c'est la place Royale, disait-il, et maintenant, nous sommes en train de faire le tour de la Grand-Place, regarde en haut, penche-toi par la fenêtre.

Le fiacre s'engagea dans une rue très longue, bordée de maisons bourgeoises.

— Ça, c'est le cours de la Via Emilia, disait le Maquignon, on l'appelle comme ça parce qu'il prolonge la Via Emilia qui part de l'autre côté du mur d'enceinte, d'un côté en direction de Bologne, de l'autre en direction de Reggio. Notre restaurant est là, au coin de la rue San Carlo.

Les Frères Molinari était un restaurant immense et plein de monde, avec des tables en marbre et de gros portemanteaux où pendaient les pardessus des clients. Le Maquignon était connu, et beaucoup de gens le saluaient. Il y avait de l'animation, à cause de la foire du lendemain. Ils choisirent une table d'angle, et le patron arriva avec une fiasque de vin comme cadeau de la maison. C'était la coutume dans ce restaurant. Le jeune homme regardait autour de lui avec vivacité. Toute cette animation le réjouissait, dans la salle il faisait chaud et il y avait de la fumée, à travers la fenêtre on apercevait l'un des murs d'enceinte sur lequel poussaient, entre les interstices des pierres, des touffes de câpriers, le brouillard était encore plus épais et rendait irréels les contours des choses.

La nourriture et le vin aidant, les joues du Maquignon étaient devenues rouges, et ses yeux brillaient.

— Mon fils était un garçon dans ton genre, il s'appelait Pietro, dit-il d'un air ému, il est mort de fièvre en 1902, ça fait déjà quatre ans.

Il se moucha dans la serviette et dit :

— Lui aussi il portait la moustache.

Quand ils sortirent, le soir tombait et les allumeurs de réverbères étaient en train d'allumer les premières lanternes. Il y avait des flambeaux accrochés près des enseignes de certains magasins, et des branches de lauriers au-dessus de la porte de certaines auberges. Un enfant qu'une femme tenait par la main passa sous les arcades avec un masque en carton. C'était le mois de février.

— C'est le dernier jour du carnaval, dit le Maquignon, tiens-moi compagnie, j'ai une chambre à l'hôtel *Italia* et je peux te loger, allons nous amuser ensemble.

Le jeune le suivit en silence dans les rues déjà désertes. Leurs pas résonnaient sur le pavé et ni l'un ni l'autre ne parlait. Ils traversèrent des arcades et arrivèrent devant une maison de pierre grise avec une lourde porte cochère. Le Maquignon tira la poignée d'une sonnette, et une petite porte s'ouvrit dans la porte cochère.

Ils montèrent un long escalier et entrèrent dans un vestibule où il y avait des vitrages colorés. Ils furent reçus par une dame très blonde qui portait une robe à fleurs et qui les fit asseoir dans un petit salon. Sur les murs il y avait des portraits de jolies filles et le jeune homme se mit à les observer attentivement.

— Ce n'est plus ce que c'était autrefois, murmura le Maquignon, quand la tenancière était Anna la Ferrarina. C'est qu'elle savait y faire, elle, elle avait toujours des filles de première qualité. Mais elle a épousé un vieux nigaud de Rome, un professeur, c'est devenu une dame comme il faut. Maintenant il faut se contenter de ce qu'il y a.

Il eut un petit rire et se mit à contempler le portrait d'une fille brune qui était photographiée les mains sur le cœur.

— Moi je choisis celle-là, dit-il, j'aime ses yeux. Et toi, laquelle prends-tu ?

Le jeune homme le regarda en écarquillant les yeux.

— Pourquoi est-ce qu'il faut que je choisisse ? balbutia-t-il.

— Comment pourquoi ?

— Pour quelle raison ?

— Pour quelle raison ?! Mais comment pour quelle raison ?

— Pour quoi faire ?

Le Maquignon se tapa le front et dit :

— Mon Dieu !

Puis il demanda :

— C'est la première fois ?

— Oui, murmura le jeune.

— Mais quel âge as-tu, mon garçon ?

— Vingt et un ans.

— Et tu n'as jamais fait ça ?

— Non.

— Oh, écoute, ça n'a pas d'importance, elles t'apprendront, elles, tu verras, c'est la chose la plus simple du monde.

Il agita la sonnette qui était sur la table et l'on entendit dans le couloir des bruits et des rires.

— On vient, on vient, un peu de patience ! cria une voix de femme.

3

La foire était en train de se défaire. Des papiers traînaient par terre et on enlevait les étals. Un enfant passa avec un mirliton. Près de la Poste stationnaient les fiacres et les charrettes de marchandises en partance pour Bologne ou pour Reggio. À la porte de la Poste, il y avait un marchand ambulant. C'était un vagabond maigre, qui avait un petit accordéon et un perroquet dans une cage. Il était vêtu de futaine et portait une caisse en bandoulière.

— Voici Regolo, dit le Maquignon au jeune, il

va à Reggio, et même plus loin, il fait toutes les foires, il te tiendra compagnie.

Le jeune homme et le colporteur se serrèrent la main.

— Je te le confie, murmura le Maquignon au colporteur, prends soin de lui quelque temps, il me fait penser à mon fils, c'est un artiste, il s'appelle Dino.

Le charretier fit claquer son fouet et le cheval se mit en route lentement. Les deux hommes s'assirent sur la charrette, les jambes pendantes, tournant le dos au charretier.

— Adieu, cria le Maquignon, bon voyage.

Le jeune homme sauta à terre et courut vers lui.

— J'ai oublié de te donner ça, dit-il à toute hâte, c'est un portrait de la femme que j'ai connue hier soir, je te le laisse en souvenir.

Et il rattrapa la charrette qui s'engageait déjà sur la Via Emilia.

Le Maquignon ouvrit la lettre. C'était une feuille de papier d'emballage, toute froissée. Dedans il y avait écrit : « Prostituée. Qui t'a appelée à la vie ? D'où viens-tu ? Des âcres ports tyrrhéniens ? des foires comptantes de Toscane ? ou bien dans les sables brûlants roulée fut ta mère sous les siroccos ? L'immensité a imprimé la stupeur sur ton visage féroce de sphynx. L'haleine grouillante de la vie tragiquement secoue de même qu'à une lionne ta crinière brune. Et tu regardes l'ange blond sacrilège qui ne t'aime pas que tu n'aimes pas et qui souffre par toi et lassement t'embrasse. »

4

Regolo vendait des tresses de toutes les couleurs, qui étaient de petits écheveaux de fil à raccommoder ; et puis des feuilletons à livraison mensuelle, et des horoscopes. Les horoscopes étaient de petites feuilles jaunes, roses et vertes qui donnaient le calendrier et les prédictions, et qui étaient choisies au hasard et remises à l'acquéreur par le bec aléatoire du perroquet Anacleto, pêcheur du Destin. Anacleto était très vieux et avait une patte malade. Regolo le soignait avec un onguent chinois acheté à Sottoripa à Gênes, où les Chinois, parfois, tiennent marché et vendent des babioles et des remèdes pour l'arthrite, la diminution de la virilité et les ulcères. Mais Anacleto était têtu, il protestait contre les médications en battant furieusement des ailes. Puis il s'endormait sur son perchoir, la tête sous l'aile, et de temps en temps il frémissait en dormant et gonflait ses plumes, comme s'il rêvait.

Peut-être que les perroquets eux aussi rêvent de couleur indigo, pensait Dino. La charrette avançait lentement, en cahotant, dans un bruit monotone de roues cerclées. La campagne était belle et infinie, toujours identique, avec des rangées d'arbres fruitiers et des champs travaillés. Dino pensa à l'indigo, et la musique de l'indigo se substitua au grincement rythmé des roues. Et lorsqu'il se réveilla Regolo était en train de le secouer par l'épaule, car ils étaient arrivés à Reggio Emilia.

Ils descendirent à la porte Santa Croce, c'était un après-midi clair, le charretier cria « Hue ! » et fit claquer son fouet, et le cheval avança lentement. Regolo devait aller prendre des articles chez un marchand, derrière l'établissement des Bains. Ainsi ils se donnèrent rendez-vous au *Café Vittorio* de la place Cavour, et Dino s'en alla seul faire un tour dans la ville car il voulait voir la maison où était né l'Arioste. Il emmena avec lui Anacleto sur son perchoir, parce qu'il encombrait Regolo tandis que pour lui c'était une compagnie. Il était heureux de marcher par les rues de cette ville inconnue en compagnie d'un perroquet. Et ainsi, tout en marchant, il se mit à rythmer ses pas avec une chanson qu'il inventait au fur et à mesure et qui disait : « Je vais par des rues étroites sombres et mystérieuses : je vois derrière les vitrages se montrer des Gemmes et des Roses. »

5

Lorsque Regolo arriva au *Café Vittorio*, Dino finissait à peine de travailler. Sur la table, les horoscopes étaient rangés en trois paquets, selon leur couleur.

— Il faut que je t'explique quelque chose, dit Dino. Si je reste avec toi quelques jours, je veux apporter ma contribution à l'entreprise, c'est pourquoi j'ai complété tes horoscopes : pour chaque horoscope, j'ai inventé une phrase.

Regolo s'assit et Dino lui expliqua en quoi consistait sa contribution. Elle consistait à embellir chaque feuillet d'une phrase artistique, parce qu'il était beau que l'art arrive ainsi aux gens, porté par le bec d'un perroquet qui choisissait au hasard parmi les feuillets du Destin. Et c'était cela, l'étrange fonction de l'art : arriver par hasard à des personnes prises au hasard, parce que tout est hasard dans le monde, et que l'art nous le rappelle : et c'est pourquoi il nous rend mélancoliques et nous réconforte. Il n'explique rien, comme le vent n'explique rien : il arrive, il agite les feuilles, et les arbres restent traversés par le vent, et le vent s'envole.

— Lis-moi quelques phrases, demanda Regolo.

Dino prit un horoscope rose et lut : « Et je m'en allais errant sans amour, laissant mon cœur de porte en porte. » Puis il prit un horoscope jaune et lut : « Or, poudreux papillon doré, pourquoi les fleurs du chardon ont-elles percé ? » Enfin il prit un horoscope vert et lut : « Tu me portas un peu d'algue marine dans tes cheveux, et une odeur de vent. » Et il expliqua :

— Cette phrase est dédiée à une femme qu'un jour je trouverai dans un port, mais elle ne sait pas encore que nous nous rencontrerons.

— Et toi, comment sais-tu que vous vous rencontrerez? demanda Regolo.

— Parce que je suis un peu devin, quelquefois. Enfin, non, ce n'est pas tout à fait comme ça.

— Et alors, comment c'est?

— J'imagine une chose tellement fort qu'ensuite elle arrive réellement.

— Alors, lis une autre phrase, dit Regolo.

— De quelle couleur la veux-tu?

— Jaune.

— C'est la couleur de la musique d'orgue. Le violet par contre a une musique de hautbois, et parfois de clarinette.

— J'aimerais en entendre une jaune.

« Parce qu'un visage se révèle, comme un poids inconnu sur l'eau courante il y a la cigale qui chante. »

6

Ils s'en allaient de maison en maison, vendant des écheveaux et distribuant des horoscopes. Ils traversèrent la vallée du Crostolo et prirent la route qui menait à Mucciatella et Pecorile.

La nuit ils dormaient dans les fenils des fermes

et parlaient de beaucoup de choses, de la voûte
céleste en particulier, parce que Regolo connaissait bien les étoiles et savait leur nom.

Regolo avait à Casola une amoureuse qui les
hébergea cinq jours durant. Elle s'appelait Alba,
elle vivait seule avec un vieux père infirme, et
Regolo lui servait de mari une fois par an.

Durant ces jours-là, Dino travailla à l'étable
pour payer l'hospitalité qu'il recevait. C'était une
étable pauvre, où il n'y avait qu'un cochon et
deux chèvres.

Le sixième jour, ils repartirent et suivirent le
lit du torrent Campola pour rejoindre Canossa.

Il y avait des fermes disséminées dans les environs, mais ils les évitèrent pour aller voir les
ruines du château. De cette hauteur, la vue était
magnifique, avec la vaste plaine du Pô qui s'éten-
dait au-dessous d'eux.

Là-bas dans cette plaine courait la Via Emilia,
comme un long ruban de promesses, vers le
nord, en direction de Milan ; ensuite c'était l'Europe, les métropoles modernes pleines d'électri-
cité et d'usines où la vie palpitait comme la
fièvre. Dino lui aussi avait la fièvre ; il avait de
nouveau des battements dans les tempes comme
ce jour où il était monté dans le train à la gare
de Bologne, poussé par un besoin inquiet de
voyager. Le ciel était jaune, avec des taches vio-
lettes. Dino entendit une musique de hautbois
et le dit à Regolo. La musique était cette route

qui l'appelait de loin. Il posa la cage d'Anacleto et étreignit Regolo avec force. Il le laissa assis sur une pierre de Canossa et courut avec hâte vers la plaine, vers la route.

La route, et sa voix de sirène. Il pensait : « Âpre prélude d'une symphonie sourde, frémissant violon à cordes électriques, tram qui avance sur une ligne dans un ciel de fils courbes. » Et il se disait : « Va, Dino, marche plus vite, cours au loin, la vie est bien petite et trop vaste est l'âme. »

Note : Cette histoire est entièrement imaginaire. Bien que la figure de Regolo Orlandini soit évoquée dans les confessions recueillies par le docteur Pariani, elle est utilisée ici de façon totalement arbitraire. Les seules choses qui ne sont pas imaginaires sont les vers de Dino Campana[1], ainsi que les villes, les lieux et la Via Emilia.

---

1. Dino Campana : né en 1885 dans l'Apennin toscano-émilien, mort en 1932 dans un hôpital psychiatrique où il était interné depuis 1918. Sa vie est une suite d'errances (à travers l'Europe et jusqu'en Amérique du Sud) au cours desquelles il exerce toutes sortes de petits métiers, et de séjours dans des hôpitaux psychiatriques. Sa vie et ses expériences poétiques évoquées dans les *Chants orphiques* (publiés à compte d'auteur en 1914) tiennent une place originale dans le panorama littéraire italien et l'apparentent à certaines figures « maudites » du décadentisme européen. (*N.d.T.*)

Une journée à Olympie

Oh Thèbes, ma grande ville !

Qu'il était beau de franchir les portes antiques qui connurent le mythe tragique, de parcourir sur le char la grande rue bordée de palais, de ralentir parmi la foule du marché afin que le peuple voie ses couronnes de laurier et ses chevaux ornés de myrte.

— Va doucement, dit-il à l'esclave, et il leva les mains vers le ciel en signe de victoire.

Il entendait le murmure des gens, l'admiration des femmes, les commentaires des enfants : « C'est le fils des Égides, qui était un enfant il y a quelques jours encore et qui fait partie des hommes maintenant, après Olympie, c'est un homme, il revient victorieux. »

Il fit arrêter le char et prit les couronnes de myrte au cou des chevaux pour les lancer à la foule.

— Vive Thèbes et vive la Béotie, cria-t-il, vive la Grèce entière !

Égine l'attendait sur le seuil avec les servantes et les chiens. Égine, grande et brune avec son péplum blanc, qui lui souhaitait la bienvenue et l'attendait, femme pour l'homme qu'il était désormais. Il sauta du char et ouvrit grand les bras. Égine inclina la tête et lui souhaita la bienvenue, les servantes lancèrent des pétales et s'agenouillèrent.

— Entre dans ma maison, qui est aussi la tienne, dit Égine, et elle le précéda dans l'atrium.

Grande était la maison d'Égine, et ancienne. Elle avait été construite par ses grands-parents à une époque où il n'y avait pas encore de conflits entre les Grecs et les Perses, et où, de Thèbes, les gens riches s'en allaient en vacances en Perse pour y jouir des raffinements de cette civilisation. Du style oriental originel, l'édifice conservait certains objets, ainsi que les couleurs des murs : des rouges vifs et des bleus éteints, et des maïoliques ocre et bleu ciel ; et des fontaines partout, dans les cours intérieures, sous les portiques et dans la grande salle à colonnes. Le Vainqueur se souvenait de ces atmosphères fraîches et ombragées : il se souvint de ses jeux d'enfant avec Égine, de leurs courses entre les colonnes et des rires innocents de l'enfance, en un temps qui était passé depuis peu et qui déjà ne lui appartenait plus, et il pensa au temps. Les pieds rapides du Temps, qui laissent des traces des choses dans la mémoire quand ces choses elles-mêmes n'existent plus. Et ainsi, lorsqu'ils arrivèrent dans la salle centrale et qu'Égine le fit s'étendre à son aise sur les coussins dans la position la plus commode pour qu'il lui raconte sa journée victorieuse, il commença à lui parler du Temps tel qu'il l'avait ressenti à Olympie.

— Le témoin unique de toute vérité exacte, le Temps, règne. Son empire ne concerne pas seulement la clepsydre, mais commande à toute chose, parce qu'il est l'harmonie et le mouvement, la mesure et le rythme, la scansion, la pause, le silence. Et c'est en son honneur qu'Héraclès, le vaillant fils de Zeus, réalisant le vœu de son père, fonda les jeux après une dure guerre contre ses ennemis. Ayant amassé le butin et réuni ses peuples au complet, il se rendit sur l'Altis d'Olympie, traça en l'honneur de son père un espace sacré et délimita ce lieu par une enceinte ; et au mont, qui auparavant ne portait pas de nom et était entouré de torrents neigeux, il donna le nom de Kronion.

« Voilà, et ainsi tu arrives et sens sa présence : la respiration du Temps. Il arrive avec la brise du soir, comme un souffle : et cela, c'est le Temps. Il respire dans la moindre feuille des saules touffus qui se balancent, chacun à son propre rythme : et cela, c'est le Temps. Il brille avec le ciel que Vesper embrase : et toute lumière qui scintille est Temps. Il respire dans le corps des hommes, qui par leur respiration sont Temps vêtu de chair. Et toi, dans cet endroit-là, tu comprends que la compétition est comme la musique, la danse et la poésie ; et que le Temps gouverne le cosmos.

« Moi, j'arrivai là le soir, et le stade était illuminé de flambeaux. Les gens chantaient, les femmes et les hommes avaient célébré dans les bois les rites d'Éros, et leurs voix étaient chaudes et assouvies ; les enfants avaient tressé des couronnes de fleurs et dormaient étendus sur l'herbe. Le visage de la déesse de la nuit était plein et blanc, avec un reflet rouge sur les joues qui promettait de la chaleur pour le lendemain ; peu de nuages, rien qu'une légère brume qui montait des fleuves et des bois et se dispersait comme de la fumée dans la brise nocturne. Avec mes compagnons, je suivis le gymnasiarque jusqu'au temple de Zeus pour les offrandes votives ; puis, les ayant quittés, je descendis le coteau en compagnie du pédotribe pour aller dîner au village. Je voulais être seul avec le pédotribe parce qu'il est presque vieux maintenant et qu'il s'est trouvé de nombreuses fois à Olympie : c'est un homme plein de finesse qui connaît les jeux et les qualités des athlètes et a toujours un bon conseil à donner.

« L'endroit était en fête, traversé de processions, et les gens banquetaient en dehors des maisons. Nous évitâmes les invitations aux banquets parce que ceux-ci ne conviennent pas à un

athlète à la veille de la compétition, et le pédotribe me conduisit à l'extrémité du village, là où
finissent les maisons et commence la campagne,
et où l'on entend les chiens aboyer dans le
silence de l'Élide. Là il y a une taverne dont les
murs sont en pierre mais le toit en branchages,
avec de longues tables de bois sous les claies ; la
taverne appartient à une femme de Cynocéphales qui autrefois couchait avec le pédotribe,
quand ils étaient jeunes tous les deux et que le
pédotribe n'était pas entraîneur d'athlètes mais
athlète lui-même, si bien qu'il y avait entre eux
une grande intimité et de la confiance, comme
entre mari et femme. Cette femme s'appelle
Héra, elle est brune, elle a de robustes épaules
et de larges flancs, elle rit souvent et parle
comme un homme. Elle nous avait préparé de
l'agneau et du résiné, et nous nous assîmes et
mangeâmes copieusement. Et alors le pédotribe
me dit : "Celui qui fait les cinq épreuves doit
être plutôt lourd que léger et plutôt léger que
lourd."

« Moi je lui demandai ce que signifiait ce
mystère, parce que l'on ne peut pas être léger et
lourd en même temps. Alors le pédotribe sourit
avec une expression d'homme d'expérience, et
dit que toute l'habileté des athlètes de pentathlon consiste à se maintenir légers, avec un buste
agile et souple pour pouvoir se renverser en
arrière en lançant le javelot ainsi que pour le

saut et la course ; mais qu'au moment opportun il faut savoir concentrer toute la tension musculaire dans les bras, et par conséquent se faire lourd, pour le lancer du disque et pour la lutte. Et il ajouta que cette concentration était difficile à obtenir parce que les épreuves du pentathlon sont rapprochées et que leur ordre peut varier selon les dispositions du jury : il était donc difficile de se préparer mentalement, mais il pensait toutefois que cette année la course serait la dernière épreuve disputée, et que je ferais donc bien de conserver toute ma légèreté pour la fin des jeux. Ensuite, après avoir dîné et bu le vin, nous rejoignîmes le camp des Thébains qui avait été installé dans la vallée, sur les bords du ruisseau ; mais il y avait beaucoup d'autres gens qui s'étaient installés à cet endroit-là : des gens qui venaient de villes très lointaines pour assister aux jeux et qui bivouaquaient en plein air près de grands feux, faisaient rôtir de la viande et s'amusaient joyeusement. Nous passâmes devant le camp des Spartiates sans nous en approcher, car ils ne le permettent pas. Le camp était silencieux, comme plongé dans le sommeil, mais l'on pouvait deviner quelques torches à l'intérieur des tentes, et des sentinelles bourrues auxquelles on ne pouvait pas adresser la parole montaient la garde à tous les coins du camp.

Les servantes entrèrent avec des plateaux de fruits ainsi que des résines et encens à répandre sur les braseros. Égine fit remplir les coupes et ouvrit les fruits mûrs. La salle était fraîche et odorante, un musicien persc, près du bassin de l'atrium, se mit à jouer du fifre. C'était une vieille cantilène au rythme lent et paresseux qui adoucissait l'atmosphère et alanguissait les gestes. Égine s'installa sur les coussins et sourit. Son esprit était à Olympie, plongé dans le souvenir d'un pèlerinage lointain fait à une époque où elle était enfant et où ses parents étaient jeunes.

— Raconte, dit-elle, raconte-moi ta journée à Olympie.

Le Vainqueur s'abandonna sur les coussins et abandonna sa tête parmi les cheveux de la femme. Il ferma les yeux et commença à raconter.

— Le soleil se levait et le grand stade était plein d'une foule énorme. C'était la journée des *paides*, et grande était l'attention, parce que cette compétition devait révéler les meilleurs athlètes de la Grèce future. Toutes les villes avaient envoyé leurs observateurs, certains en délégations, les autres cachés parmi la foule. J'ai reconnu mes ennemis : le grammairien Aurélios, ce vieux bossu jaloux ; Thavanos, l'espion, qui était auparavant avec les Perses, et qui est maintenant du côté des Athéniens, mais sert peut-être les uns et les autres ; Hana, cette femme maigre et malveillante qui couche avec les vieux et trame de louches complots dans les gymnases

d'Athènes. Mes amis au contraire s'étaient ras-
semblés dans le virage du stade, là où finissent
les gradins et où les espaces herbeux sont abrités
à l'ombre des bosquets de pins ; allongés sur
l'herbe, ils regardaient passer les équipes d'athlètes et ils ont chanté joyeusement à mon passage.

« Je me suis assis à l'écart, en attendant que
finissent les compétitions des hommes. Le jour
était doré par le soleil levant, la plaine d'Olympie
étincelait de rosée, sur les collines flottaient
encore des lambeaux de brume nocturne. Je ne
sais pas pourquoi une grande douceur m'a
envahi, c'était comme une fatigue de l'âme, mais
légère et sans mélancolie : une sorte de ravisse-
ment, comme lorsque le sommeil te prend les
yeux ouverts. Je n'avais jamais éprouvé cette sensation. À ce moment-là, Xénophon de Corinthe,
stadiodrome et vainqueur du pentathlon, est descendu dans l'arène pour recevoir les honneurs
de la foule. Il a levé les bras avec une certaine
grâce et s'est mis à courir autour du stade, ni
trop vite ni trop lentement, sûr de lui-même
comme le vainqueur qui a su calibrer ses forces,
à la manière de certains vieux sages qui parfois te
racontent leur vie et suscitent ton respect parce
que tu comprends qu'ils ont été capables d'admi-
nistrer tout ce que le destin leur avait imparti. Je
l'ai suivi des yeux, et j'ai senti à l'intérieur de moi
une voix qui disait : "Toute chose a sa mesure et

rien ne vaut que de connaître l'à-propos." D'où venait cette voix ? et qui parlait en moi ? Bien sûr c'était moi qui pensais, et pourtant en même temps je n'avais pas l'impression d'être moi-même mais une sorte de caisse de résonance. Ainsi j'ai pris un bout de bois et j'ai écrit sur le sable les paroles que j'avais entendues ; et ces paroles, en devenant écriture, se sont disposées d'elles-mêmes en deux vers, selon ce rythme :

> *Toute chose a sa mesure*
> *Et rien ne vaut que de connaître l'à-propos*[1].

« C'étaient deux vers, un fragment de poème. D'autres mots sont arrivés en même temps, mais ils étaient tumultueux, pressés, et je ne parvenais pas à les suivre, à les plier à mon oreille et à ma main. Pendant ce temps, les dolichodromes étaient descendus dans le stade et s'étaient disposés pour le départ de la grande course parmi les clameurs de la foule. C'était une des dernières compétitions des hommes, avant que les chars n'annoncent la pause et que ne commencent les compétitions des enfants. Après le départ, les cris se sont élevés pour encourager les athlètes : et alors qu'ils étaient au comble de

---

1. Ce fragment, comme ceux que l'on trouvera par la suite, est extrait des *Olympiques* de Pindare, traduction et présentation d'A. Puech, Paris, « Belles-Lettres », 1930. (*N.d.T.*)

l'effort, après trois tours de piste, l'un d'eux s'est détaché du peloton, léger comme si ses pieds ne faisaient qu'effleurer le sol. Il s'appelait Ergotélès d'Himère et la foule scandait son nom parce que c'était un exilé crétois ; et c'est pour cela aussi que les gens l'aimaient : parce qu'il avait eu une vie malheureuse, marquée de dures épreuves et de défaites humaines, et qu'il s'acheminait maintenant vers une victoire. Presque fragile était sa course, comme celle d'un agile cabri qui s'enfuit dans les bois. De nouveau la voix est arrivée en moi, j'ai entendu les mots et, lentement, parce que la voix était lente et claire, j'ai pris le bout de bois et j'ai écrit sur le sable :

... Mais les espérances humaines, qui tantôt s'élèvent, tantôt s'abaissent, s'en vont ballottées par les flots, s'ouvrant le chemin sur une mer d'illusions vaines ; la divinité n'a permis à aucun mortel de découvrir un signe certain des événements futurs ; nos pensers d'avenir sont aveugles. Souvent ce qui nous advient déconcerte nos prévisions ; parfois notre joie en est atteinte, et parfois ceux qui ont été exposés aux orages du chagrin voient en un instant leur peine changée en un bonheur profond.

Fils de Philanor, tu aurais pu voir — pareil à un coq qui livre d'obscures batailles auprès du foyer domestique —, la gloire méritée par tes pieds agiles s'effeuiller ignorée, si la discorde, qui met les hommes aux prises, ne t'avait ravi Cnosse, ta patrie...

« J'aurais voulu écrire d'autres paroles, mais les

chars sont descendus dans l'arène pour les tours d'honneur et le pédotribe m'a appelé parce que les compétitions des enfants commençaient. Moi j'ai pris mes *haltères*, parce que la première des cinq épreuves était le saut, et je les ai soulevés en l'air en signe de salut à la foule. Mes *haltères* sont très beaux, ils sont en pierre polie et finement travaillée et, plus qu'un instrument de compétition, ce sont deux petites statues. Ils ont été fabriqués pour moi par Régolos de Pergame, un sculpteur qui aime les figures féminines, ils ont une forme irrégulièrement ronde, ils sont fragiles et n'ont pas le poids de ceux des athlètes plus âgés, mais cela n'a pas d'importance pour moi, parce que l'impulsion que me procure le fait de les empoigner ne dérive pas de leur poids, mais de leur dynamique et de leurs lignes. J'ai fait sculpter dessus une femme aux grands yeux et aux traits harmonieux, ramassée sur elle-même comme un coquillage ; et cette femme, c'est toi, Égine, telle que je te revois quand nous étions enfants et que nous nous promenions dans la ville main dans la main, nous aimant d'un amour enfantin fait de rougissements et de silences.

« Alors nous sommes arrivés aux sautoirs et les premiers à sauter ont été les Spartiates qui sont redoutables pour la lutte et le lancer du disque mais pas pour le saut, parce que, comme le dit le pédotribe, ils ne savent pas se faire légers au moment voulu ; et en effet, ils hurlent en sautant, et leur saut manque d'harmonie et n'est fait que de force, cette force qui est l'expression de la pesanteur. Les athlètes des autres cités se font au contraire accompagner par des flûtistes, afin de trouver dans la musique la mesure du saut qui, plus que tout autre exercice, est tributaire du rythme et de la mélodie. En effet les foulées de la course d'élan doivent être bien mesurées, afin que le pied ne dépasse pas la limite tracée au sol, et le corps doit être harmonieux dans l'air, les *haltères* tenus en avant et les bras prêts à se rassembler au moment de la chute.

« Les gens de Laconie excellent dans l'art du saut parce qu'ils le pratiquent dès leur plus jeune âge, et qu'ils sont maigres et très agiles, avares de leur corps comme ils le sont de leurs paroles. Pour s'entraîner, ils s'obligent à sauter sans élan, à pieds joints, et après le premier saut, ils peuvent rebondir pour en faire un second, comme les chèvres : c'est pourquoi dans le saut de compéti-tion, pour lequel la course d'élan est autorisée, ils procèdent d'une curieuse manière, en prenant leur élan par une course faite de petits bonds successifs, très syncopée, et se font dans ce but accompagner de musiciens qui jouent de la flûte et du tambourin, comme pour leurs danses nup-tiales.

« Nous, les Thébains, à la place des flûtistes, nous avions emmené trois bergers de Béotie avec leurs pipeaux : et lorsque ceux-ci ont entonné

leur mélodie un silence grave et plein de respect
a envahi le stade, parce que leur musique avait
quelque chose de majestueux et que le dieu Pan
était présent dans leurs humbles roseaux. Mes
compagnons ont sauté les premiers, et quand est
venu mon tour, moi j'ai rythmé ma course : et
dans ces brefs instants de suspension dans l'air,
c'est à toi que je pensais, Égine, ainsi qu'à notre
terre de Béotie, et à la perfection de Thèbes. Puis
j'ai entendu la clameur de la foule et lorsque j'ai
touché le sol, c'était comme si je me réveillais
d'un très long rêve, j'étais au-delà de la fosse,
comme Phayllos de Crotone qui sauta au-delà de
la saignée externe de la fosse. Il n'était jamais
arrivé qu'un jeune dépasse les cinquante pieds :
mes compagnons venaient à moi et me hissaient
sur leurs épaules en triomphe, la foule scandait
mon nom, les bergers heureux jouaient du
pipeau, tout n'était qu'allégresse. Alors nous
avons rejoint nos amis sous les pins et là, nous
nous sommes allongés pour boire du vin et manger le fromage de Béotie qu'ils avaient apporté.
Et alors que, couché sur l'herbe, je regardais les
grands pins, j'ai entendu les mots qui man-
quaient aux vers que j'avais écrits sur le sable. Il
m'a suffi d'ouvrir la bouche, et je les ai murmurés
de ma propre voix, car, cette fois, c'était bien ma
voix qui parlait :

Je t'en supplie, fille de Zeus Libérateur, protège
Himère la puissante, Fortune salutaire. Car c'est toi

qui sur mer gouvernes les vaisseaux rapides, et sur terre les guerres impétueuses ou les sages assemblées. Mais les espérances humaines, qui tantôt s'élèvent, tantôt s'abaissent, s'en vont ballottées par les flots, s'ouvrant le chemin sur une mer d'illusions vaines ; la divinité n'a permis à aucun mortel de découvrir un signe certain des événements futurs ; nos pensers d'avenir sont aveugles. Souvent ce qui nous advient déconcerte nos prévisions ; parfois notre joie en est atteinte, et parfois ceux qui ont été exposés aux orages du chagrin voient en un instant leur peine changée en un bonheur profond.

Fils de Philanor, tu aurais pu voir — pareil à un coq qui livre d'obscures batailles auprès du foyer domestique —, la gloire méritée par tes pieds agiles s'effeuiller ignorée, si la discorde, qui met les hommes aux prises, ne t'avait ravi Cnosse, ta patrie. Et maintenant, tu t'es fait couronner à Olympie, tu es revenu deux fois vainqueur de Pythô, vainqueur de l'Isthme, Ergotélès, et, dans le patrimoine nouveau que tu habites, tu rends illustres les eaux chaudes qu'y font jaillir les Nymphes.

« Tandis que je murmurais ces vers, j'ai compris qu'il s'agissait d'un poème véritable et achevé, auquel il ne manquait que la mélodie ; alors j'ai appelé mes bergers et je leur ai demandé d'entonner une musique triomphale mais non solennelle : joyeuse plutôt, parce que le triomphe de l'athlète est exultation de la vie, du sang, du fait d'exister. Ils ont fait quelques essais, jusqu'à ce que je trouve le rythme juste.

J'ai ensuite rassemblé mes amis de Béotie et je leur ai demandé de faire le chœur pour les vers qui devaient être répétés : et ensemble nous avons chanté mon poème, et pour finir nous avons dansé sur l'herbe d'Olympie, en regardant la foule et en riant.

« L'épreuve du lancer du disque commençait et j'ai compris alors combien était sage le pédotribe lorsqu'il m'avait prévenu de la difficulté qu'il y a de passer de la légèreté à la pesanteur. Car moi j'étais léger comme une feuille, je dansais dans l'air, mes bras étaient sans poids, et mon esprit était ailleurs ; la tension de mes muscles avait disparu, relâchée par la musique, il me semblait impossible de la retrouver et de la rassembler tout entière pour une épreuve lourde. Comment pouvais-je faire ? Les discoboles étaient déjà sur l'aire de lancer, faisant montre de leur force et regardant à terre pour se concentrer tout en balançant leur main qui empoignait l'instrument. Mais il faut savoir que l'épreuve du disque, bien que faisant appel au poids, est aussi la plus artificielle, dans ce sens que pour la réaliser il faut recourir à un mouvement artificiel du corps obéissant à des canons invariables. Les techniques de lancer du disque sont variées, mais la mienne était la technique classique d'Athènes et de Thèbes, qui est la plus difficile, mais aussi la plus efficace. Pour la décrire, je dirai que l'athlète doit appuyer la

jambe droite sur l'aire de lancer tout en tenant
la partie antérieure du corps ployée en avant de
façon à alléger l'autre jambe qu'il faut lancer en
avant pour accompagner le mouvement de la
main droite. Cette sommaire description ne
rend pas compte de la complexité de l'épreuve,
c'est pourquoi il me faut parler de l'équilibre
qui en constitue le point de départ. Celui-ci ressemble presque à une danse archaïque, une
sorte de mouvement de balancier qui permet
d'obtenir l'équilibre du corps sur les jambes, en
prenant appui sur la jambe droite. Après cette
phase initiale, il faut recueillir toute la tension
corporelle et l'énergie nécessaire à l'élan, et
c'est dans ce but que l'athlète soulève le disque
à la hauteur de sa tête avec les deux bras, le bras
gauche servant de soutien, le bras droit étant
déjà dans la position définitive, tandis que le
disque est appuyé contre les doigts et adhère à
l'avant-bras. À ce moment-là, le bras droit commence à prendre son élan tandis que la jambe
gauche l'accompagne vers l'arrière pour conserver l'équilibre. C'est le moment du recueille-
ment le plus intense, le dernier instant de ce
théorème géométrique : à l'extension maximale
du corps succède l'élancement, tandis que la
jambe gauche passe vivement en avant pour
équilibrer le corps et le maintenir en position
verticale.

   « J'ai donc pris mon disque et me suis dirigé

vers l'aire de compétition. Tout en marchant, je
regardais l'instrument en me concentrant sur les
figures qui y étaient représentées, parce qu'elles
ont, plus que toute autre image, le pouvoir de
conduire à l'artifice de l'épreuve. Mon disque est
petit, il ne ressemble pas à celui de Protésilée ou
des grands athlètes de sa force : c'est un petit
disque d'enfant, de poids modeste. Mais il est fait
d'un bronze doré et brillant, que je polis avec
beaucoup de soin ; il a été lui aussi fabriqué par
les soins de Régolos de Pergame et représente
d'un côté une scène de gymnase et de l'autre les
portes de Thèbes. Dans la scène de gymnase, on
voit un flûtiste qui rythme l'entraînement, tandis
que le gymnasiarque suit les athlètes d'un œil
attentif. J'ai fait donner au gymnasiarque les traits
de mon père disparu qui m'accompagna toujours
dans mes jeux et mon éducation lorsque j'étais
enfant : c'est pourquoi son regard est serein, et
son bras dans une position souple, parce que j'ai
voulu qu'il ait l'attitude équilibrée des êtres qui
ont été de ce monde et le regardent maintenant
d'un autre monde plus serein. Les deux athlètes
que l'on voit sont mon frère et moi. Mon frère
soulève les poids qui servent à l'entraînement
pour muscler les épaules et préparer au lancer
du disque. Il est assis, et observe la position que
j'ai adoptée pour le lancer. Moi, j'ai le bras
gauche plié, le coude en l'air. La jambe droite est
raidie dans l'élan et la jambe gauche pliée prend

appui sur la pointe des pieds. Le disque est collé à mes paumes de main, rejeté vers l'arrière aussi loin que peut l'amener le bras lorsqu'il est au maximum de son extension; et ma tête, légèrement inclinée, semble l'inciter, comme si elle pensait : va, disque, vole au loin.

« Et c'est ainsi que j'ai lancé mon disque, sur le stade d'Olympie. Je l'ai lancé avec une sorte d'ivresse, je ne savais pas pourquoi je participais à cette épreuve et pourquoi je voulais vaincre, le soleil était haut et les corps étaient brillants, les Spartiates jetaient leurs cris aigus et les athlètes de la Grande Grèce exhibaient leurs muscles avec vanité. C'est arrivé comme un don du dieu : mon disque a volé vers le soleil en tournoyant, et lorsqu'il est tombé la foule à l'unisson a poussé un cri parce que j'avais gagné.

« Mais il n'y avait pas de temps à perdre en démonstrations triomphales, car les anciens avaient déjà décrété le début de l'épreuve suivante, l'équipe de Sparte avait déjà empoigné ses javelots, épaule contre épaule, comme pour une bataille, tandis que les Athéniens jouaient avec l'instrument, mettant en évidence leur habileté, qu'ils tiennent pour inégalable dans ce domaine. Mais ils ne savent pas que les Thébains peuvent les surpasser grâce à leur dextérité dans le maniement du lasso qui est d'origine orientale et auquel eux ne sont pas habitués. En effet, nous sommes, nous, exactement comme les Perses, très habiles dans l'utilisation de cet appendice du javelot qui permet d'imprimer à l'arme un mouvement rotatoire qui maintient la trajectoire tout en améliorant la précision du tir. Et c'est ainsi que j'ai fait, en pensant non pas au dieu de la guerre, qui suppose la violence, mais à la déesse de la chasse, qui exige la précision : et mon javelot a glissé dans l'air comme s'il était ailé et a dessiné une ample courbe ascendante ; et il a volé très loin comme les cailloux que je lançais, enfant, brisant la résistance de l'eau. Il avançait exactement comme cela, mon javelot : avec de petits rebonds dans l'air, comme s'il allait s'arrêter un instant, mais il poursuivait sa course, triomphant de la résistance de l'air, ralentissant et repartant comme s'il était guidé par la main d'un dieu invisible.

« Alors j'ai entendu une nouvelle clameur dans le stade d'Olympie et j'ai compris que j'avais gagné une fois encore. Ah, comme j'aurais aimé m'étendre sur l'herbe et dormir pour reposer mes membres qu'une torpeur maléfique avait envahis ! J'ai couru à l'ombre, vers mes amis, le soleil était haut désormais et blessait les yeux, je me suis allongé haletant sur l'herbe et j'ai embrassé la terre, et j'ai demandé au pédotribe de me laisser dormir un peu, le temps d'une petite clepsydre, en lui disant que je reprendrais ensuite la compétition.

« Mais il m'a frappé au front et m'a versé un

broc d'eau fraîche sur la tête, il était impossible de dormir, a-t-il dit, les athlètes étaient en piste, prêts à la lutte, les jeux ne laissaient pas de répit, il fallait combattre.

« C'est ainsi que je suis descendu dans l'arène, tandis que les vers du divin Homère me martelaient la tête : "Leurs dos craquaient sous leurs mains hardies, tirés durement ; leur sueur ruisselait. Des tumeurs serrées — sur leurs flancs et sur leurs épaules — empourprées de sang, se gonflaient… Mais ni Ulysse ne pouvait faire glisser l'autre, et l'amener au sol, ni Ajax, arrêté par la forte résistance d'Ulysse…[1]"

« Et tu ne le croiras pas, Égine, mais je suis allé lutter armé non pas de ma force, mais de l'habileté des vers d'Homère, de son rythme haletant lorsqu'il décrit la lutte, tel que je le lisais enfant dans les pièces fraîches de la maison paternelle.

« Mon adversaire était un garçon qui avait des membres d'homme, des épaules puissantes et des jambes de colosse. Il s'appelait… il s'appelait… Ah, quelle étrange chose, Égine, je ne sais plus comment il s'appelait, je me rappelle seulement le sommeil qui m'avait pris, le désir que j'avais de dormir rien qu'un peu, rien que le temps d'une petite clepsydre, étendu sur l'herbe du stade d'Olympie.

---

1. *Iliade*, chant XXIII : traduction d'E. Lasserre, Paris, Garnier, 1960 (*N.d.T.*)

— Qu'y a-t-il donc, mon homme victorieux ?

Égine lui toucha le front et il se secoua. Les servantes rirent et il rougit de honte. Il allait s'endormir, comme un gamin stupide qui cède à la faiblesse du sommeil. Il regarda autour de lui. La maison d'Égine, la grâce des servantes, la musique du joueur de fifre perse : tout cela lui paraissait un rêve. Son récit lui-même lui paraissait être un rêve et il ne savait plus où il l'avait interrompu. Égine le devina et lui sourit d'un air maternel.

— Ton adversaire était un garçon qui avait des membres d'homme, des épaules puissantes et des jambes de colosse. Il s'appelait...

Le Vainqueur s'installa de nouveau confortablement parmi les coussins et poursuivit son récit.

— Ce garçon-là s'appelait Cercyon et venait d'Oponte, ville de grands lutteurs forgés comme le métal le plus dur par l'âpreté de la nature. Renommées sont leurs prouesses athlétiques dans tout le monde grec, parce qu'ils s'entraînent au grand air : ils travaillent en effet auprès des puits qui sont profonds dans leur pays aride, et tirent l'eau des citernes avec des sangles de cuir attachées aux épaules, si bien que, même quand ils sont jeunes, celles-ci s'élargissent de façon démesurée et que leur cou, tel celui des taureaux, se gonfle, parcouru de veines et de muscles saillants. Leur force est telle qu'ils ne laissent aux lutteurs agiles aucune chance de déployer leur habileté, car ils se rient du croche-pied sournois ou du brusque coup de rein qui renverse l'adversaire en le faisant voler par-dessus l'épaule tandis qu'on lui maintient le bras. Il serait d'ailleurs impossible de faire passer de tels colosses par-dessus l'épaule, l'on courrait le risque de s'abattre au sol, inanimé.

« Vous serrer au buste est leur prise préférée, car leurs bras sont comme des tenailles et peuvent faire craquer les vertèbres de l'adversaire ou lui rompre les reins : si bien qu'ils obtiennent souvent la victoire *Akoniti*, c'est-à-dire sans combat, parce que l'adversaire craint pour sa sécurité et renonce au combat.

« Cercyon s'était enduit de poudre plutôt que d'huile, car les lutteurs de son espèce ne cherchent pas à éviter le corps à corps mais le recherchent au contraire, afin de pouvoir vous serrer plus solidement. Il lançait en avant, le plus loin possible, ses formidables bras, et, prenant appui en arrière sur un pied, rentrant les épaules, la tête légèrement baissée et le corps tendu, il se tenait prêt à porter la prise. Moi je l'ai imité, comme s'il voyait son reflet dans un miroir, et ainsi nos têtes se sont rapprochées au point qu'elles se touchaient presque tandis que nos mains se repoussaient réciproquement pour éviter une attaque brusque. Je sentais l'odeur âcre de son corps et sa respiration impatiente comme celle d'un cheval qui piaffe. Soudain ses bras se sont refermés sur mes épaules et il m'a attiré à lui. Mais lorsqu'il m'a saisi à bras-le-corps, mon corps huilé a échappé à ses féroces tenailles ; il m'offrait son cou comme un animal stupide, et je l'ai attaqué dans toute sa force d'homme puissant. Et lui il a cédé, non pas parce que ses muscles étaient faibles, mais parce que faible était son intelligence : son cou puissant, pris de côté, a ployé comme celui d'une femme, son dos s'est courbé, ses jambes ont cédé et il s'est écroulé au sol avec sa ceinture de cuir. Le choc a fait résonner la terre, et la foule d'Olympie, pour la quatrième fois, a lancé un cri de victoire en mon honneur.

« Alors je suis parti en courant, ignorant les félicitations de mes compagnons, je me suis étendu à l'ombre des pins centenaires et j'ai dit au pédotribe que je voulais dormir la poitrine contre la terre fraîche, je me suis désaltéré à un seau d'eau et je me suis abandonné sur l'herbe.

« Le pédotribe paraissait inquiet et marmonnait nerveusement en tournant autour de moi, car il soutenait qu'un athlète ne peut pas s'abandonner au sommeil avant la fin de la dernière épreuve. Moi je le priais respectueusement de me laisser faire, mais il avait décidé de m'empêcher de dormir et il a couru chercher mes amis de Thèbes et leur a demandé de me faire abandonner mon projet. Une discussion a immédiatement éclaté entre Iolaos et Sostratos, et la moitié du groupe a pris le parti du premier, tandis que l'autre moitié tenait pour le second. Iolaos est un Thébain à la mode d'autrefois, à l'aspect grave, fier comme l'antique nom qu'il porte, qui est aussi le nom de notre Thèbes. Il appartient au parti des oligarches, cultive les traditions, et connaît toutes les histoires des héros et des athlètes de notre ville. Il connaît les mythes, et parle d'un ton sage en usant de mots choisis. Il a commencé en rappelant que le règne des morts est gouverné par l'un des douze grands de l'Olympe, Hadès, et qu'il se situe dans les couches les plus secrètes de la terre. Dans son royaume, entouré par le fleuve de l'oubli, habitent également le Sommeil et sa sœur la Mort. Par conséquent, selon lui, un athlète qui cédait au sommeil avant l'épreuve acceptait dès le départ une éventuelle défaite, parce que le sommeil est un voyage vers le règne des morts et que lorsque nous cédons à son pouvoir nous ne savons jamais combien de temps nous y resterons, ni quelles impressions nous ramènerons avec nous au réveil. En effet il est impossible de prévoir auquel de ses trois fils le dieu Hypnos va nous confier. S'il s'agit de Morphée, nous rêverons de figures humaines; mais s'il s'agit d'Icelus, nous rêverons d'oiseaux et de quadrupèdes, qui conviennent aux peintres; s'il s'agit enfin de Phantasos, nous ne rêverons que d'objets inanimés, qui conviennent aux architectes et aux géomètres, mais pas à un athlète, parce qu'ils engendrent le statisme.

« C'est alors que Sostratos, un jeune médecin de Thèbes, a pris la parole. Lui, il ne refuse pas la sagesse traditionnelle, mais dans son académie il cherche de nouvelles pharmacopées pour soulager les maux des hommes, aussi connaît-il bien les secrets du corps. Il a soutenu que les muscles n'ont pas de vie propre, mais dépendent tous de fils extrêmement fins qui sont reliés à notre esprit. Et c'est dans notre esprit seulement que réside le commandement central de la force et de la vigueur : et lorsque l'esprit est fatigué, le corps l'est aussi : lorsque l'esprit est embrumé, le corps lui aussi est entouré d'une couche de nuages invisibles ; quand l'esprit se trouble, le corps à son tour se trouble et tombe malade, parce que le corps n'est qu'une enveloppe du souffle qui nous habite, et ce souffle s'appelle Idée. En outre, si l'on voulait ajouter foi aux mythes, a-t-il poursuivi, il était vrai que les rêves montent du royaume d'Hypnos et de sa sœur, mais qu'il fallait se rappeler que s'ils sortent par la porte de marbre d'Hadès il s'agit de rêves trompeurs, tandis que s'ils sortent par la porte de corne il s'agit de rêves porteurs de vérité. Et il soutenait que nous devons considérer comme vrais non seulement les rêves qui sont vraisemblables, mais aussi ceux qui concernent les visions dues à l'émotion, comme les visions des

artistes, qui sont toujours vraies même lorsqu'elles paraissent fantastiques. Il a conclu en
disant qu'un athlète comme moi, qui avait créé
les vers que nous avions chantés ensemble, méritait une visite au règne d'Hypnos, parce qu'elle
fortifierait mes muscles et prodiguerait à mon
esprit les rêves de la porte de corne.

« Alors Iolaos a avancé une objection en se
référant au mythe, et a raconté que les demeures
d'Hypnos se dressent près du lugubre pays des
Cimmériens, dans une vallée profonde où le
soleil ne luit jamais et où la semi-obscurité enveloppe toutes choses de pénombre. Aucun bruit
ne vient troubler la paix de cette région : il n'y a
pas de clameur de voix, les coqs ne chantent pas,
les aboiements des chiens de garde ne rompent
pas le silence, et les feuillages des arbres ne
bruissent pas au souffle du vent. Le seul bruit
que l'on entende provient du placide courant
du fleuve Léthé, le fleuve de l'oubli, dont le murmure favorise le sommeil. Au-delà des murailles
du royaume poussent des pavots et des herbes au
pouvoir enivrant, tandis que dans la ville le dieu
de la somnolence gît dans un doux lit de plumes
moelleuses… J'ai entendu ses paroles s'éloigner
puis disparaître, et le sommeil m'a emporté dans
son lit de plumes et m'a fait sentir serein et
imperturbable, tout en étant conscient du fait
qu'il manquait une épreuve pour gagner, à savoir

la grande course. Et à cet instant-là, j'ai rêvé que
je gagnais la course.

« La course, la course ! »

Il ouvrit les yeux et vit le stade d'Olympie plein
de monde. Le pédotribe, debout, levait les bras
au ciel et gesticulait en signe de désespoir.

« La course commence, se lamentait-il, et toi, tu
dors comme un stupide nourrisson au berceau ! »

Il se secoua et s'assit. Le soleil était haut et
blessait les yeux. Ce devait être l'après-midi, le
stade grondait et les athlètes avaient pris position sur la ligne de départ.

Tout ceci avait donc été un rêve, figures
d'ombres qui jouent leur rôle sur la scène de
notre esprit pendant que celui-ci se repose ; un
long rêve qui l'avait emporté alors qu'il était sur
l'herbe, à l'ombre des pins, après la deuxième
épreuve. Pour se réveiller complètement, il se
versa sur la tête une amphore d'eau. Où était
Égine, la fraîcheur des pièces de sa maison, et
la musique du joueur de fifre perse ? Tout cela
évanoui avec le rêve. Et ses amis de Béotie avec
lesquels il était venu ? Et ses poèmes ? Rêve eux
aussi, de même que rêver de gagner la course
avait été un rêve dans le rêve. Il se leva et
regarda autour de lui, désolé. Le pédotribe, qui
était déjà sur le stade avec les autres athlètes de
Thèbes, hurlait quelque chose, le visage conges-
tionné, se frappant la poitrine et lui montrant

les pistes lointaines. Il ne manquait que lui, sa place restait vide parmi les athlètes d'Olympie.

Sans savoir ce qu'il faisait, il s'élança en courant vers la ligne de départ. Puis il s'arrêta un instant, car la foule s'était tue, muette de stupeur en le voyant descendre dans l'arène alors que les autres prenaient le départ, et dans ce silence soudain on n'entendait que le pédotribe qui continuait à crier : « La course ! la course ! »

C'était la course, et lui, il s'était laissé prendre par le sommeil comme un enfant, après deux épreuves. Mais ces deux épreuves, il ne les avait pas rêvées, elles avaient réellement eu lieu, et il s'y était comporté de manière honorable même s'il n'avait pas gagné. Son cœur battait à tout rompre. Sur la piste, il vit ses adversaires : en première ligne, le colosse Cercyon, qu'il n'avait vaincu qu'en rêve, était déjà en position de départ, ses énormes bras tendus vers le sol. Tous les athlètes, le corps luisant, s'inclinèrent pour le départ, et lui, il était encore trop loin, si loin. Alors il eut une inspiration. Il se tourna vers le pédotribe désespéré et cria : « Je l'écrirai ! J'écrirai tout ! »

Il se remit à courir vers la ligne de départ, et son souffle battait déjà dans les veines de son cou. « J'écrirai tout, criait-il, je raconterai les jeux d'Olympie ! » Il s'arrêta et leva les bras dans un geste de triomphe. « Je suis Pindare ! cria-t-il à l'adresse de la foule silencieuse, je

m'appelle Pindare, moi j'écrirai ces compétitions, je transmettrai ces jours à la postérité ! » Il
continua sa course. Il avait encore beaucoup de
pas à faire avant d'atteindre la ligne de départ,
et déjà les rapides pieds des athlètes soulevaient
la poussière sacrée du stade d'Olympie.

Note :

Bien entendu, il n'est pas établi que Pindare
(né à Cynocéphales, près de Thèbes, vers la fin
du Ve siècle av. J.-C.), grand poète lyrique,
auteur, entre autres, des *Olympiques*, ait jamais
participé, ni dans son enfance, ni à l'âge adulte,
aux Olympiades. Par contre les vers utilisés dans
le texte appartiennent vraiment à Pindare, et
sont tirés de la XIIIe et de la XIIe *Olympique*
(jeux de 464 et 472 av. J.-C.). Les opinions sur la
légèreté et la pesanteur des athlètes, qui sont ici
attribuées à l'humble pédotribe, sont en réalité
dues à Théocrite. Il semble par ailleurs que le
pentathlon des enfants n'ait été disputé qu'une
seule fois dans toute l'histoire des Jeux Olympiques. Enfin l'ordre des jeux était fixé de
manière rigide et non laissé au gré du jury,
comme le récit le laisse penser. De toutes ces
licences, et d'autres plus manifestes encore,
telles que la description des athlètes de Laconie
ou d'Oponte, est responsable la fantaisie de
celui qui a écrit cette histoire.

DU MÊME AUTEUR

Aux Éditions Gallimard

TRISTANO MEURT. Une vie. Prix Méditerranée étranger 2005, élu Meilleur livre de l'année 2004 par la rédaction de « LIRE » (Folio n° 4386).

LE FIL DE L'HORIZON (Folio n° 4384. Traduction révisée).

PETITES ÉQUIVOQUES SANS IMPORTANCE. Nouvelle traduction en 2006.

Aux Éditions Christian Bourgois

DIALOGUES MANQUÉS.

LES OISEAUX DE FRA ANGELICO.

NOCTURNE INDIEN.

LE JEU DE L'ENVERS (Folio n° 4385).

FEMMES DE PORTO PIM ET AUTRES HISTOIRES.

PIAZZA D'ITALIA.

RÊVES DE RÊVES.

PEREIRA PRÉTEND.

LA TÊTE PERDUE DE DAMASCENO MONTEIRO.

L'ANGE NOIR.

UNE MALLE PLEINE DE GENS.

REQUIEM (Folio n° 4383).

LE PETIT NAVIRE.

IL SE FAIT TARD, DE PLUS EN PLUS TARD.

Aux Éditions du Seuil

LES TROIS DERNIERS JOURS DE FERNANDO PESSOA.

LA NOSTALGIE, L'AUTOMOBILE ET L'INFINI.

AUTOBIOGRAPHIES D'AUTRUI.

LA NOSTALGIE DU POSSIBLE.

COLLECTION FOLIO

Dernières parutions

Composition IGS.
Impression Firmin-Didot
au Mesnil-sur-l'Estrée, le 26 avril 2006.
Dépôt légal : avril 2006.
Numéro d'imprimeur : 79490.

ISBN 2-07-033807-X/Imprimé en France.